サファイアの王に望まれて

スーザン・スティーヴンス 作

東　みなみ 訳

ハーレクイン・ロマンス

東京・ロンドン・トロント・パリ・ニューヨーク・アムステルダム
ハンブルク・ストックホルム・ミラノ・シドニー・マドリッド・ワルシャワ
ブダペスト・リオデジャネイロ・ルクセンブルク・フリブール・ムンバイ

PREGNANT BY THE DESERT KING

by Susan Stephens

Published by Harlequin Japan, a Division of K.K. HarperCollins Japan, 2019

スーザン・スティーヴンス

オペラ歌手として活躍していた経歴を持つ。夫とは出会って5日で婚約し、3カ月後には結婚したという。現在はイギリスのチェシャーで3人の子供とたくさんの動物に囲まれて暮らしている。昔からロマンス小説が大好きだった彼女は、自分の人生を“果てしないロマンティックな冒険”と称している。

主要登場人物

ルーシー・ギリンガム……大学生。
ミス・フランシーン……ルーシーの友人。クリーニング店の経営者。
タージ……カララの国王。
ハリド……タージの友人。ハリーファの国王。
アブドラ……タージの友人で側近。

プロローグ

現在……。

レストランの厨《ちゅう》房《ぼう》から赤い服を着た女性が出てくるのを見て、タージは世界が傾いた気がした。

「すまないが、大使」彼はそう言って、駐イギリス大使を驚かせた。「とても大事な用ができたんだ」

「私ならかまいませんとも、陛下」大使が恰《かっ》幅《ぷく》のいい体でできるだけすばやく立ちあがり、支配者であり雇い主でもあるカララの王にお辞儀をした。しかしそのときにはすでに、人並みはずれた美貌を持つタージは身分を隠して食事をしていたテーブルを離れ、つかつかと店内を横切っていた。

近づいてくる人の気配に気づいて、赤い服を着た若い女性が振り向いた。タージを見つめる彼女の顔は、幽霊に会ったように青ざめていた。

1

三カ月前……。

職場であるクリーニング店の昼休みに、ルーシー・ギリンガムは湯気の立ちこめる隣のカフェで、コーヒーを買おうと思いたった。そして、体がしびれるような初めての感覚に襲われた。カウンターの前に並んでいたのは、雄牛でも持ちあげられそうなほど肩幅の広い、途方もなくセクシーな長身の男性だった。

男性は浅黒い肌をし、インクのように黒く豊かな髪が首筋でカールしていた。丈が短く、いかにも男物らしいジャケットは、硬く引きしまったヒップと、長く形のいい脚を強調するためにデザインされたかのようだった。

男性があまりに大きいせいで、ありえないことが起こった。生まれて初めてルーシーは、自分がきゃしゃな女性になった気がしたのだ。彼女はダイエット雑誌の読者にありがちな、いつも痩せることを考えている女性だった。願いがかなうには、世界からチョコレートが消えなければ無理だったけれど。

「先に注文するか？」男性が振り返ったので、ルーシーは気を失いそうになった。

「私に言ってるの？」頭が働くより先に、口から言葉が出た。ばかな質問だ。このうえなくすてきな黒い瞳が、まっすぐ私を見ているのに。誰かの視線に、ここまで興奮をかきたてられたのは初めてだ。この世にはさまざまな目があって、とても美しい目もあるけれど、男性の目は〝驚くほど〟美しかった。

「前に進んでもらえませんか？　みなさん、お待ちなので」

カウンターの女性に大声で言われて、ルーシーははっとし、なんとか男性にぶつかることなく、少しずつ列の前へ進んだ。

「玉突き事故を起こす前に、君は座ったほうがよさそうだな」男性が愉快そうに言った。魅力的なアクセントがある低い声を聞き、大きなしっかりした手で触れられて、ルーシーの理性は吹き飛んだ。釘《くぎ》づけになったように見ていると、彼は申し出た。「君が席をさがしている間に、飲みものを買っておこう」

ようやく、彼女はわれに返った。「あなたとは知り合いだったかしら？」

「違うと思うな」長身の男性が見おろした。「注文はコーヒー？　紅茶？　ホットチョコレートにするか？　食べものはどうする？」

そのころには、人々が注目しはじめていた。何人かはルーシーの知り合いで、うなずきつつ〝頑張って〟という顔をしている。地元のカフェなので、騒ぎは起こしたくなかった。

それに逃げ出して、相手を怖がっているような印象も与えたくない。この人は誰なの？ 答えを知る方法は一つしかなかった。「コーヒーを頼めるかしら……。ありがとう。スキムミルクは二ショットでお願いね」

男性が振り返って注文をする間、ルーシーは興味津々の人々の話し声に気づいた。ほとんどが彼女についてのようだ。彼を知っていて当然なの？ 有名人だった？ もっとニュースに興味を持っていればよかった。私が奥で仕事をしているときに、クリーニング店に来た人なのかも。男性は一度見たら忘れられない顔をしている。これだけ日に焼けて健康的なら、船乗りだと言っても通りそうだけれども、堂々とした態度と高価なように見える私服からすると、そうではなさそうだ。

「よければテーブルを頼む」コーヒーを待ちながら、男性が促した。「空席はあまりないから、急いだほうがいい」

「了解」ルーシーは皮肉をこめて敬礼した拍子に、男性の清潔で印象的な香りを吸いこんだ。命令する男性が好きなわけではなかったものの、テーブルをさがしはじめたのは、彼の笑う目がすてきだったからだ。そういう表情は何度も使っているに違いないけれど、ここは人でいっぱいのカフェだし、一緒にコーヒーを飲んだくらいでは悪い結果にならない気がする。男性の正体を知るために、五分ほどつき合ってみよう。クリーニング店の同僚はいつも、わくわくすることがないと文句を言っているから、仕事に戻ったときにこの話をしてあげられる。

隠れているのはもうたくさん。

考えたくもない考えが頭に浮かび、冷酷で口汚い継父の記憶がよみがえって、ルーシーは思わず身震いをした。母の二番目の夫は、血も涙もない悪党を集めた犯罪集団のボスで、ありがたいことに今は刑務所にいた。母に強く勧められてルーシーが家を出たのも、継父の手下たちの、しだいに不快さを増す関心から逃れるためだった。キングスドックで真の友人が見つかったのは、本当に幸運と言えた。

「どうかしたのか？」知り合った男性が魅力的に眉をひそめて近づいてきた。

「なんでもないわ」相手の男性はかなり注目を集めていた。彼も継父も大きくてたくましい男性だったが、共通点はそこまでだった。容赦なく弱い者をしいたげた継父に対し、男性にはそんな陰険さは少しもなかった。目が心を映す鏡だというなら、安心していい気がする。彼の瞳に邪悪さはかけらもなく、あるのは情熱だけだった。

そう考えて興奮と喜びがわきあがったルーシーに、男性は座るよう促した。「一日じゅう立っているつもりか？　通路をふさいで」

男性は弧を描く漆黒の眉を片方上げてほほ

えんでいて、ルーシーはどきどきした。私はまだ、継父に心を壊されてはいなかった。

「一緒に飲みましょうか？」席に落ち着いてから、彼女はきいた。

男性と座るには、テーブルを動かさなくてはならなかった。彼が大きかったうえ、ルーシーも小柄とは言えなかったからだ。相手がプレイボーイで、私がその新しい獲物だとしても、コーヒー一杯からドラマは生まれない。私がここにいるのはみんなが知っているから、好きなときに席を立てばいい。

思ったよりいい日になりそうだ。タージはそう思って、向かいに座っている肉感的な女性を見つめた。彼女が見事な胸をしていることは、かさばる冬服の上からでもわかった。しかし、もっとも興味を引かれたのはそこではなく、彼女の自然な落ち着きと動じないものごしにだった。つねに彼に群がり、妻の座か、せめて愛人の座を得ようとする女性たちとは違って、いい気晴らしになる。

友人のハリド王のヨット、サファイア号で夜に開かれるパーティまですることがなく、タージは埠《ふ》頭《とう》を散歩している最中だった。カララの王についてまわる華やかな生活を忘れ、この高級マリーナを訪れるほかの人々と同じように雑踏にまぎれていると、有名である重圧からも逃れられた。タージが誰かわかっていないらしい女性と過ごすのも、彼にはめずらしいことだった。もしわかっていて、彼女が気にもしていないとすれば、思いがけない余禄《よろく》だ。今夜はサファイア号に泊まる予定だが、そこにある風変わりなベッドを使うときは、女性がタージの隣で一緒に温めてくれるのが常だった。

あるいは、彼の下で。

「本当にいいの？」目の前の女性が周囲を見まわした。「みんな、あなたに興味があるみたいだけれど、知っていて当然だった？」

「今、知っただろう。それに君の質問に答えるなら、問題ない」

「それじゃ、答えになっていないわ」

「ああ。たしかに」

張りつめた、火花が散るような沈黙が二人の間に生まれた。カフェで目をとめる前から、彼女の存在は感じ取っていた。女性に対してタージはつねに感覚を研ぎ澄ましていたが、目の前の彼女には最初から興味をそそられた。妖精を思わせる顔に女らしい体を持ち、僕を少しも恐れていないようだが、そんなところがなおさら魅力だ。背丈は僕の半分くらいで、勝ち気な性格で隠していても男性経験は乏しく、かなり年下だろう。

「コーヒーはおいしい？」彼女がきいた。

「とてもね」タージはささやき、相手が顔を赤くするまで目を合わせた。

きわめて裕福なサファイア産出国の統治者の義務として、たくさんの女性と会ってはきたが、覚えている女性は一人もいなかった。目の前の女性ほど即座に惹《ひ》かれたこともない。タージは女性の服と、その下の体を品定めした。ボタンをはずした安っぽいコートの下の、体にぴったりしたコットンのセーターを見て、彼女の体をもっと心地よい生地で包んでやりたくなる。それに彼女を歓喜の高みへと導く前に、キスで反抗的な表情を追い払うのも重要だ。

「本当にいらなかったのに」彼がウェイトレスにお代わりを注文すると、女性は言った。

「だが、僕は飲みたいんだ」タージは相手と目を合わせた。

「ほしいものはいつも手に入れているの?」

「たいていは」彼は認め、眉を上げた。

そのしぐさだけで、彼女はすぐに察した。

「ルーシーよ。ルーシー・ギリンガム」

驚くほど美しい、翡翠《ひすい》のような淡い緑色の目で、ルーシーはタージを見据えていた。その目尻は上がっている。表情豊かなまなざしは濃い黒のまつげで強調され、ただでさえ魅力的な顔に猫のような趣を添えていた。

「ごめんなさい」膝が触れ合ったとき、彼女は顔を赤らめて脚を引っこめた。

「かまわない」タージはそう言って、長い脚をルーシーの脚の間にすべりこませた。触れてはいないのに、彼女の顔がさらに赤くなる。狭いテーブルのせいで強いられた親密さをひどく意識しているように、その頬は魅力的な薔薇《ばら》色に染まっていた。「きれいな髪だ」彼はルーシーの気をそらそうとして言った。

「あなたは大きな足をしているのね」ルーシーは彼と確実に体が触れ合わないようにした。

彼女は髪を実用的なショートヘアにしていて、勝ち気そうな性格にも合っていた。色は深い赤褐色で、タージはイギリスの郊外に持っている、自分の屋敷を連想した。秋になれば、そこの鮮やかな緑色の葉は炎のような色に変わる。ルーシーも炎のようだから、ベッドではきっとすばらしいに違いない。

「ああ、気分がよくなったわ」マグカップを空にして、ルーシーは言った。「コーヒーを飲まないと、私ってなんの役にも立たないの。あなたは？」

「なにかの役には立つはずだ」彼が言った。

ルーシーの頬は真っ赤になった。

コーヒーの話がどうして危険になるの？　空想ならいろいろしてきたけれど、今みたいな展開は初めて経験する。ニュースやクリーニング店のうわさにもっと注意していれば、この魅力的な男性が何者なのかを知る手がかりがあったのに。「港には来たばかりなんでしょう」情報を得ようと、彼女は水を向けた。

「コーヒーのお代わりは？」

「いただくわ」男性が振り返ってウェイトレスに注文する間、ルーシーは砂糖のように白い砂浜でのんびりと過ごす彼と自分を空想していた。冷やしたチョコレートをそばに置き、レモン入りの特大フローズン・カクテルを謎の男性と分け合うのは、ベッドでの最高のひとときの前奏曲だ。今は、その詳細までは想像できなかったけれど。

「なにか問題でも？」むずかしい顔をしているルーシーに、彼がきいた。

「ええ、あるわ。私は名乗ったのに、あなたには隠しごとでもあるの？」

男性が笑うと、顔じゅうが輝いた。目尻のしわと丈夫そうな白い歯のきらめきは、魅力的という言葉ではとうてい言い表せなかった。

見られていないうちから、ルーシーの胸の頂は硬くなっていた。信じがたいほど魅惑的な男性は、彼女がミントのような吐息を感じ、ひげを剃《そ》るのはあまり好きではなさそうだとわかるほど近くにいた。そして、このうえなく美しい黒い目でこちらを見つめていた。

「僕はタージだ」

「ああ……タージ・マハルと同じ？」ルーシーは肩の力を抜いた。

「綴《つづ》りは違うが」彼は説明した。

「そうなの」彼女はまた頬を赤らめた。「もう何十回も言われているんでしょうね」

「何度かはね」タージは認めた。

うっとりするような笑みがタージの顔にまた浮かんでも、ルーシーは彼を冷静に観察した。豊かな黒髪が頬骨のあたりで無造作にカールしているところは、ミケランジェロが見たら鑿《のみ》をふるいたくてたまらなくなりそうだ。

この人は褒められ慣れているに違いないと思い、ルーシーはさらに褒めるのはやめた。それでも彼の黒く硬い無精ひげに、やさしく肌を撫《な》でられたらどんな感じだろうとは思った。タージの堂々としたたくましい体に、丸みをおびた自分の体が包まれる光景を想像して、カフェのベンチの上で身じろぎをする。

「タージ」あわてて気をまぎらそうと、ルーシーは名前を繰り返した。「いい名前ね」

タージは今もかすかにおもしろがっているような顔で見つめていて、たちまちルーシーは想像の翼を広げた。とかした温かいチョコレートが、彼女の一糸まとわぬ体にたっぷりと広げられる。彼が舌できれいにするために。

「名前はわかったわ、綴りの違うタージ。でも、仕事はなにをしているの？」

「僕はすごく用心深いんだ」彼は焼けつくようなまなざしで言い返した。

二人は笑い、雰囲気が明るくなった。

「それで？」ルーシーは唇の前でマグカップをとめ、あらためて促した。

「それでとは？　なにが知りたい？」

「始めから終わりまでではどう？」

「そんな時間はない」

でも、あとでなら……。そんな考えが浮かんだけれど、ルーシーはすぐに打ち消した。あとはない。彼女はもう一度、聞き出そうとした。「どうしてキングスドックへ？」

「旧友に会うためと、仕事のためだ」

「おもしろそうね」

「そうでもない」タージは椅子に深く座った。「キングスドックは、会うのに都合がいいというだけだ」まだ質問があるなら言ってみろというように、彼が眉を上げた。

「私は友達に会うじゃまをしたみたいね」ルーシーはバッグに手を伸ばした。

「そんなことはない」タージはくつろいだまま、やはり彼女を見ていた。やわらかな肉球を持つ肉食動物が、次の獲物を眺めているようだ。

見つめ合ううちに、興奮がルーシーの背筋を走った。この人は楽しんでいる。これほど並はずれてハンサムな男性が、ありふれた日常にどうして現れたの？　そろそろ強い態度で臨まなくては。「あなたは私を座らせて、無理やりコーヒーを飲ませた。今度は情報を公開して、楽しませてくれなくちゃ」

「そうかな？」ルーシーのように笑わせてくれる女性はめったにいなかった。無礼で変わっているところも魅力のうちだ。「簡単には教えられない」タージが警告すると、ルーシーはわざとがっかりした顔をした。

「どうして?」彼女は不満そうにきいた。「あなたがなにで生計を立てているかは、機密情報なの? もしかしてスパイとか」美しい眉を上げる。

「僕は警備の仕事をしているんだ」タージはついに打ち明けた。本当だった。所有しているたくさんの会社の一つは、この地球上でもっとも有名な人々の安全を守っていた。

「なるほど」ルーシーは椅子にもたれ、力を抜いた。「納得がいったわ」

「なにが?」

「あなたがなぜとらえどころがないのかが」ルーシーは説明した。「あのすごいヨットで、すごい有力者の警護をしているんでしょう」彼女は顎で窓を示した。その向こうにずらりと並ぶ目をみはるような船は、紫がかった灰色の空に、大きな白い幽霊のように浮かびあがっていた。「大富豪のために働くってどんな感じなの、謎の人?」

ルーシーの純朴さにはあらがいがたい魅力があり、タージは本当のことを言いたくなった。「実は、僕はその一員なんだ」

「すごい有力者ってこと?」ルーシーが叫び、眉をひそめるのを見て、彼は笑った。

「君がすごいと言ったのは、ヨットだと思っていた」

「まじめに話しているんでしょうね?」ルー

シーの口調ががらりと変わる。

「その言い方は、僕の自尊心をちっともくすぐらないな」タージは正直に言った。

「だって、冗談なら話が違ってくるもの。それに、自分のものの見方は変えられないわ」

「僕が金を持っていたら、君は僕に対する意見を変えるか？」

ルーシーはまた眉をひそめた。「まだあなたに対する意見なんてないわ」正直に認める。

「よく知らないもの」

金銭にこだわっているのは、タージのほうだった。亡くなったおじが盗んだせいで、タージが王位を継いだとき、カララの国庫は空になっていた。彼は破産した国を、レンガを一つ一つ積むように建て直した。すべてがもとどおりに安定してからは、生まれたときに決められた婚約者の家族が、娘と結婚するよう迫ってきた。その問題を解決するにも、とんでもない大金が必要だった。

その経験からタージは政略結婚を恐れ、妻よりも愛人を持つほうがいいと考えるようになった。いつかは憲法に求められた世継ぎを作るために、結婚しなくてはならないが、そうするのは今ではない。しばらくは愛人と、これまでに経験のない生き生きとしたひとときを過ごしたいものだ。

2

「警備の仕事で、たくさんお金を稼いだのなら……」ルーシーが目を大きく見開き、生意気そうな、からかうような顔をした。「私に貸してくれない？」

　冗談だとはわかっていたが、彼女もほかの女性と同じだと思うとタージは腹がたった。

「給料日に払うから、十ポンドとか？」彼女は平然と続け、笑いをこらえきれないというようすで椅子に寄りかかった。「あなたったら、なんて顔をしているの」

　タージは表情を厳しくした。「今回は大目に見よう」

「次があるってこと？」すぐにもだ。タージがそう思ったとき、ルーシーがふたたび口を開いた。「先走りすぎだわ。私がまたあなたに会いたいと、どうしてわかるの？」

　下腹部がこわばるのを感じながら、彼は言った。「経験に基づいた知識でだ」

　片手で顎を支え、彼女がタージを見つめた。彼はぴったりしたジーンズではなく、流れるようなローブを着ていればよかったと思った。

「あなたなら、十ポンドくらい用立ててくれそうなのに」ルーシーはなおも食いさがった。

タージは財布に手を伸ばした。

「やめて」

「コーヒーをもう一杯頼んだ代金を払ってはいけないのか？」

「私の負けだわ」ルーシーが言った。「でも覚えておいて、警備員さん。あなたのお金がほしいわけじゃないの。私は誰のお金もほしくない。一人でちゃんとやっているもの。だから……ここは私に払わせて。あなたのお金は次のカフェでの冒険に取っておくといいわ」

「次があるかどうかはわからないが」

「仕事柄、危険が多すぎて、他人とあまり話ができないの？」ルーシーがきく。

「そんなところだ」タージは彼女をじっと見たが、彼の正体がわかっている気配はみじんもなかった。

「警備が仕事なら、慎重でなければならないんでしょうね」

「携わっているのは、国の安全なんでね」

「壮大な話ね」

「そう言っていい」タージはにやりとした。

「あなたはすごく大きな力を持っているんでしょうね。なのに、見た目は普通だわ」

タージは笑いを必死にこらえた。「どうも」

「さてと、とても楽しかったわ」ルーシーはため息をつき、荷物をまとめた。「でも、もう行かなきゃ。働かなくてはならない人間もいるのよ」彼女はつけ加えた。

「そこまで送ろう。職場はどこなんだ?」タージはまだルーシーを行かせたくなかった。

「クリーニング店よ」彼女はどこか挑戦的に答えた。

「なるほど。それで、クリーニング店での君の仕事は?」

「アイロンがけと仕上げ」

「腕はいいのか?」

「間違いなくね」

タージはこらえきれずに笑い出した。

「ごめんなさい」ルーシーがほっそりした手を優雅に振った。「噛《か》みつく気はなかったの。ただ、キングスドックに来る人の中にはお高くとまった人もいるから、あなたがその一人じゃないと確かめたくて」

「思ってもみなかったよ」

「あなたが信託財産で暮らしているヨットの所有者で、遺産を使うしか能のない人じゃないなら、それでいいの」

「まあ、その点は安心していい。持っている金は、全部僕が稼いだものだ。相続したのは借金だけだったからね」

「だったら、あなたにはほかに欠点があるはずね」ドアまで来たところで、ルーシーが言った。「完璧な人なんていないもの」

「どうぞ見つけてくれ」タージは促した。

「まさか! それで、誰があなたに借金を遺《のこ》したの？」彼女はドアに手をかけて尋ねた。

「近い親戚？」

「おじだ」そう言ってルーシーの代わりにドアを開けたとき、タージはほかの誰にもこんなに正直な話をしたことがないと気づいた。彼女とは会ってわずかしかたっていないのに。

「じゃあ、おじさんの名誉のために借金を返したのね」湯気の立ちこめるにぎやかなカフェの暖かさから、氷のような寒さの外に出ながら、ルーシーが言った。

　カララの未来が財政の再建にかかっていたころを思い出し、タージは肩をすくめた。すでにテクノロジー業界でひと財産を築いていたのは、本当に運がよかった。だからこそ国民の生活を大幅に改善し、何年もの間おじに奪われていたサファイア鉱山も取り戻せた。

「おじは家業をつぶした、とだけ言っておこう」並んで歩き出してから、タージは言った。

「そして、あなたが立て直したのね」ルーシーはきっぱりと言った。

「会ったばかりの男を、やけに信用するんだな」彼は指摘した。

　驚くほど美しい緑色の目が射るように見た。

「誰でもというわけじゃないわ」

　奇妙だが、タージも同じ気持ちだった。自国の歴史を、カララをどれほど深く思っているかを、もっとルーシーに語りたい。ルーシーとの出会いはまさに衝撃的だった。王室審議会が妻に推薦する女性とは、利害を意識した関係しか築けないだろう。だがルーシーが愛人になれば、僕と互角でいようとするに違いない。「僕のことはすっかりわかったが、君はどうなんだ？」タージは探りを入れた。

「あなたのことがもっと知りたいわ」

「それはまた今度にしよう」マリーナに着いたとき、タージは言った。

「ほらまた」ルーシーはおもしろそうに横目でタージを見た。「私たち、もう一度会うの？　あなたはどこから来たの？　肌の色が白くないから、どこか暑い――」

「どこか遠いところだ」彼は続けた。

「いいかげんにして、警備員さん。私は具体的に知りたいの」

「友人に話すために？」

「私が興味を持っちゃいけないの？」

テクノロジー産業で大金を儲《もう》けたと話そうか？　だが、ルーシーはさっさと逃げてしまうだろう。金に感心するタイプではないから。

タージはもう少しルーシーを引きとめておきたかった。自分がかつてプレイボーイ王子と呼ばれ、浪費家のおじに長年虐げられてきた国民から、なにも期待されていなかったことを話そうか？　国を救う確実なチャンスが訪れたら行動しようとタージが考えていたとは、国民は想像もしていなかった。しかし、ビジネスにおける洞察力をこれまででもっとも厳しい試練に注ぎ、彼はカララを変えた。そして、つねに自分より国を優先させていた。

「それに、あなたは私の予想を茶化してばかりだわ」ルーシーは不満をもらした。

タージはルーシーと腕をからませ、通りを渡った。そのしぐさは呼吸をするように自然だった。

とても魅力的な人だ、とルーシーは思った。私はすっかりタージに夢中になっている。でも、触れている彼の腕を意識しないようにしなくては。道を渡る前に安全を確かめる、あの驚くほどすてきな目にも。けれどとてもたくましくて背が高く、浅黒い肌のタージと腕を組むのは最高の気分だった。

「気をつけろ」タージが大声を出した。うわの空だったルーシーは、もう少しで縁石につまずくところだった。

タージの手に力がこもり、二人の顔が危険なまでに近づいたとき、クリーニング店に戻ったら、なんとしてもこの人の正体を突きとめようとルーシーは思った。誰かが知っているはずだ。キングスドックではうわさは野火のように広がるから、タージみたいな男性が目を引かないわけがない。あらゆるうわさを聞いている店の同僚は、私が彼とコーヒーを飲んでいたことも知っているに違いない。

「残念だけれど、ここでお別れしなくちゃ」職場が近づいたころ、ルーシーは言った。

「残念？　君が？」タージが皮肉っぽい目できいた。「その二つのものは結びつかないな」

「私はものじゃないわ」見つめられて熱くなりながら、ルーシーは言った。「それに、あなたのことも怖くない」そうつけ加える。

「その言葉を聞いて本当にうれしいよ」タージがおどけたようにお辞儀をした。

　この出会いのなにもかもが、ルーシーには新鮮だった。男性とこんなに楽しい思いをしたことは、今までに一度だってない。二度と会えないのが本当に残念だ。

　タージが顔をしかめた。「まっすぐ仕事に戻らなくてはいけないのか？」

　ルーシーの脈が速くなった。彼も同じ絆《きずな》を感じているのね。「ええ」相手に都合よく運ばせてはいけないと、とっさに思って言った。「たぶん、また別の機会にでも――」

「いつだ？」

　タージがこれほど単刀直入な人だとは思わなかった。「すぐに」ルーシーは明るく答えたものの、心臓は胸から飛び出しそうだった。「すぐに会いたいわ」少しそっけない気がして、彼女は心から続けた。「それから、戸口まで送ってくれなくても大丈夫よ」

「だが、僕は送りたい」

「いつも、そんなふうに自分の好きなようにするの？」

「いつもね」タージの口調に、ルーシーの下腹部には興奮の震えが走り、胸の先端が痛いほど張りつめた。

「コーヒーをごちそうさま」クリーニング店に着いたとき、ルーシーは言った。

「行く前に、一つだけ聞かせてくれ」

ルーシーが腕をつかむタージの手を見ると、彼は手を離した。「いいわ」彼女は同意した。

「世界じゅうの金を手に入れたら、君はなにをする？」

考えこみもせず、ルーシーは答えた。「ミス・フランシーンのクリーニング店のために新しい機械を買って、彼女にちゃんと休暇を取ってもらうわ。おかしなことを言っているかしら？」彼女は顔をしかめた。

「いや、思ったとおりだ」

タージが堂々とした肩をさりげなくすくめるのを見て、ルーシーの鼓動はさらに速くなった。

「とても立派な願いだ」彼はそう続け、目に笑みを浮かべて温かくルーシーを見つめた。

「でも、あなたは願いをかなえてくれる瓶の中の精霊じゃない」彼女は現実的に指摘した。

「そうなれるかもしれないぞ……」

「今回はやめてね」ルーシーはわざと険しい顔をして、タージに警告した。話しながら、買いもの袋を探って財布を見つける。

「なにをしているんだ？」財布を出す彼女に気づいて、タージは眉をひそめた。

「コーヒー代を払うの。人に借りを作るのは好きじゃないから」ルーシーは言った。「それに話を聞いたら、あなたはもうじゅうぶん苦労しているみたいだわ。カフェで払おうとしたけれど、先を越されてしまったでしょう。さあ、受け取って」彼女はタージにお金を差し出した。

「今夜のことを忘れないでくれ――」

「今夜って？」ルーシーは口を挟んだ。

「今夜、また会ってくれるだろう？」

「あら、知らなかったわ。仕事のあとは勉強があるの」

「なんの勉強だ？」彼が眉をひそめてきいた。

「美術史よ。いつか学芸員になるのが夢だから。それか、美術品の修復師に」ルーシーは説明した。

タージは長いこと、じっと彼女を見ていた。

「ほかには？」ようやく尋ねる。

「思いついたら知らせるわ」クリーニング店の中をちらりと見てから、ルーシーは生意気な口調で約束した。

「あと一つだけ」タージが食いさがった。

「なに？」彼女は畳みかけるようにきいた。

「今夜、君にはパーティに行くドレスが必要だ」

「言ったでしょう、今夜は行かないって」

「来てくれ」

「いいえ、行かないわ」ルーシーは駆け引きを楽しんでいた。タージのいたずらっぽい黒い瞳が愉快でたまらないようすなのに、楽しまずにいられる？

「いいや、来るんだ」タージがわざと厳しい口調で言い張った。

「あなたと？　ありえないわ！」別れを先延ばしにしたくて、ルーシーは言い返した。

「今夜のパーティは、サファイア号の上で開かれるのにか？」彼が誘惑するように言う。

「冗談でしょう！　それなら断れないわ」

「よかった」魅力的な唇を結ぶタージを見て、ルーシーは彼にキスをされたらどんな感じだろうと想像した。空想に没頭するあまり、彼の次の言葉を聞き逃すところだった。「今夜のパーティの主催者は友人のハリド王で、君は僕の同伴客として招待される」

「初耳だわ」ルーシーは胸をどきどきさせて顎を上げ、タージの危険な瞳と向き合った。

「同伴者として連れていきたい人を、君以外には思いつかないんだ。どう思う？」

「ほかにいないの？　もっとふさわしい人が」ルーシーはきいた。自分がなにに同意しようとしているのか、痛烈に感じ取ったからだ。船上での華やかなパーティの最中、ヨットが港を離れたらどうなるの？　どんなに彼が魅力的でも――いいえ、魅力的だからこそ、気をつけなさいと理性はささやいている。

「ちょうど今、おもしろい女性がいなくて

ね」タージは言った。どこか皮肉めいた表情からは、真実の言葉に思われた。「それに、話している相手が自分と同じ重要人物なのかを気にするだけの連中と、あくびが出るほど退屈な時間を過ごすのは気が進まない」

「いい計画ね。でももっとふさわしい同伴者は何十人もいるでしょうに、なぜ私なの?」

「ふさわしいとは?」タージがショックを受けたふりをしてきく。

「パーティに行きたい人はたくさんいるでしょう」あなたと、と言うのは省いた。ハンサムなタージをうぬぼれさせることはない。

「だが、君のような特徴を持つ人はいない」彼が真顔で言った。

ルーシーは顔をしかめた。「その特徴ってなんなの?」

「君は本物の仕事をしているし、毎日、本物の人に会っている。あらゆる事柄と人に興味を持ち、見たものを自分なりに受け入れているだろう」

「ほんの短い時間で、私についてずいぶん知ったみたいね」

そうとも。「君が本物だから気に入ったんだ。どんなにめずらしいことか、わからないだろうが」

ルーシーはしばらく考え、ようやく言った。

「かなり説得力がある言葉ね」

それに、僕はあきらめる気もない。「今夜、君は僕の名誉ある客になる」

「不名誉な客よりはましね。それは引っこめてちょうだい」財布を出したタージに、ルーシーはすぐさま言った。

「今夜のドレス代だ」彼は説明した。

今度は気にさわったのか、彼女は唇を結んだ。「私は無一文ってわけじゃないわ。なんとかする」

「じゃあ、来てくれるんだな？」

ルーシーはタージを見て、わざとらしいため息をついた。「しかたないわね」

「一つだけ言っておく。今夜、迎えに行ったときに、僕を待たせないでくれ」

「今度は条件を出すの？　気が変わりそうだわ」

「君は変わらない」タージは自信たっぷりだ。

「そのうっとりするような笑顔は、通用する人のためにとっておくことね」ルーシーはわざと厳しく顔をしかめた。

「君みたいな？」彼はそう言って、ルーシーの瞳の奥をのぞきこんだ。

「気が変わったわ。わからないけれど、パーティに行くなんてどうかしているもの」

「手遅れだな。取り引きは成立した」

「いいえ、していないわ」ルーシーは反論した。「あなたのせいで仕事に遅れそう」

「冒険心はないのか？」タージは動こうともしなかった。「君にはあると思ったのに」

「冒険心ならたっぷりあるわ」ルーシーは断言した。「でも、常識もたっぷりあるの」

「証明してくれ」タージが言った。

「いいわ。あなたのことはよく知らないから、誘いは受けないことにするわね」

「どんな関係も、いつかは始めなくてはならないんじゃないかな……」ドアにもたれたタージは、本当にセクシーだった。パーティへ行けば、少なくとも彼に関する好奇心と、サファイア号に関するクリーニング店の同僚の好奇心は満足させられる。けれど断れば、この先一生後悔しそうだ。

「今夜あの船で、純潔を危険にさらしたいとは思わないもの」ルーシーは自分の考えを声に出した。

「純潔？」タージがおもしろそうに尋ねた。「そんなものが捧《ささ》げられるとは思わなかった」

「捧げないわ」ルーシーは険しい顔で言った。

「残念だ」そうつぶやいたわりに、彼は愉快そうな笑みを浮かべている。

「わかったわ」ルーシーは心を決めた。タージの誘いを受けても、私なら賢明にふるまえるし、これは一生に一度のチャンスだ。「今夜はパーティに行く」

「すばらしい」

狼《おおかみ》のようなタージの笑みを見て、体のあらゆる敏感な場所が震え、ルーシーは彼の言葉の続きを聞き逃しそうになった。

「ティアラは必要ない。気の置けない集まりだから」

「億万長者同士の？」ルーシーはつけ加えた。

「君と僕とのだ」タージが訂正した。

　笑い飛ばしてクリーニング店のドアから中に入れば、二度とタージに会うことはなく、私はまたもとの日常に戻る。でも日常は退屈だし、冒険に魅力を感じているのはタージの言うとおりだ。ただし、自分の思いのままになる冒険に限るけれど。

「遅れないでね」ルーシーは釘《くぎ》を刺した。

「夜、ここに立っているのは寒いから」

3

　私ったら、なにをしたの？　どうしてまんまとタージの口車に乗ってしまったのかしら？　彼のいたずらっぽいまなざしが焼けつくようだったのが、原因だった気がする。

　クリーニング店の二階にある狭い部屋で支度をしながら、ルーシーは考えた。コーヒーを何杯か飲んだだけなのに、タージと長くつき合っているような気がしたのもまずかった。

でも、今は彼に胸をときめかせたのはなぜなのか、ほかの人にときめかないのはなぜなのかを悩んでいるときじゃない。パーティに行くと決めてしまった以上、こそこそ部屋に隠れたり、タージを友達に追い払ってもらったりしようとは思わない。別世界の人たちの暮らしぶりを見るのは楽しみだし、クリーニング店に帰ってみんなにも報告できる。

残る問題は、なにを着ていくかだ。きちんとしたドレスは一着持っているけれど、安いセール品で、色も自分に合っているのかよくわからない。赤毛とそばかすが真っ赤なドレスを引きたてるとは思えないし、寒くて肌が青白いときはなおさらだからだ。

ドレスを着たのは人生で一度だけ、クリーニング店の年老いた経営者のために、みんなで開いたクリスマスパーティでだった。ミス・フランシーンは苦労の多い人なので、従業員ができるせめてものことをしたのだ。

タージは私より年上で、明らかに洗練されている、とんでもないお金持ちだ。つまり、デザイナーズブランドに身を固めた女性たちを見慣れている。あいにくだったわね。ハンガーからドレスを取りながら、ルーシーは思った。今夜、私を連れ出すなら、少しばかり丈が短すぎてきつすぎるドレスを見ることに我慢してもらわなくては。セール品はオーダーメイド品ではないのだから。

タージの年は三十代前半くらいだろう。ル

ーシー自身は二十三歳で、決して華やかでもなければ洗練されてもいなかった。それに成功もしていない……今のところは。けれど住むところはあって、なにより最高の友達がいる。だから豪華な食事代を出したり、港に停泊する派手なヨットでデートしたりする気はない。ルーシーはそう考えて顎に力を入れた。丁寧なお礼のカードを渡せばじゅうぶんだ。そう結論を出したとき、タージとのやり取りを見ていたクリーニング店の同僚で友達が、興奮しながら彼女の部屋に入ってきた。

「それで？」みんなはいっせいに耳をつんざくような声でききき、ルーシーのまわりに集まった。「見たわよ」

「本当？」ルーシーはとぼけた。

「キングスドックでいちばんハンサムな男性と一緒にいるところをね」一人が言い、別の友達に向かってうなずく。

　ルーシーは天を仰いで考えるふりをした。男性経験があれば、女友達と一緒になって冗談も言えた。けれども、なぜかタージは特別に思える。経験では、彼のような人はいなかった。だから最初に芽生えた気持ちがまだ弱々しいうちは、冗談の種にしたくなかった。

「たしかに、警備の仕事をしている人とは知り合ったわ」彼女は正直に認めた。「でも、コーヒーをおごってもらっただけよ」

「じゃあ、もう会わないの？」友達がまたきいて、ほかの友達と訳知り顔の視線を交わす。

「そうは言ってないわ。なんなの？」彼女たちが笑い出すのを見て、ルーシーはきいた。

「あなたが言ったことにじゃなくて、言ってないことに笑ってるの」一人が言った。「本当にわからない？」

「わからないって、なにが？」ここは暖かくて安全だし、最初の日から友達ができた。なのに思わせぶりに笑われ、からかうような視線を受けるはめになっているなんて。

「その人は名前を言わなかった？」いちばん仲のいい友達がきいた。

「名前はタージよ。彼はなにも隠さなかったわ」ルーシーはきっぱりと返事をした。

本当に？　鋭い不安が戻ってきた。同時に、悪党だった継父を思い出す。自分の犯した罪を償うために長期刑に服している彼には、隠しごとがたくさんあった。だが、よくない評判を知らない人や初対面の相手なら、誰よりも魅了することができた。

「仕事はなんなのかは言わなかった？」また別の友達がきいた。

「言ったわ。警備よ。さっき話したでしょう」

さらに友達が押しかけてきたせいで、狭い部屋はいっぱいになった。地元では従業員の女性たちに寛大なことで、ミス・フランシーンは知られていた。ほんのわずかな賃料で貸していた部屋は狭苦しくて古めかしいかもしれなくても、逃げ場を求める女性にとっては最高級の五つ星ホテル以上の住まいだった。

「そう、あなたたちも男の人といる私を見たのね」ルーシーはユーモアたっぷりに肩をすくめ、冗談めかして周囲を見た。

「ほかならぬカララの王とね」いちばんの友達が、その続きを言った。

ルーシーは銅像のふりをする子供のように凍りついた。「なんて言ったの?」

ちゃんと聞こえてはいた。でも……カララの王? タージがカララの王ですって?

　その情報を理解しようとしても、ルーシーにはできなかった。彼女たちになんて言ったらいいの? 私ってばかね、気がつかなかったわ、とか? 今朝は新聞を読んでいないの、とか? 地方局のテレビは観《み》ていない、とか? あいにく、どれも本当だった。

「もう、いいかげんにしてよ、未来の王妃さま」友達がおだてた。「彼が本当はどんな人か、教えて――」

「知らないわ」ルーシーは白状した。「いい人には見えたけれど」

「それに、とんでもなくセクシーよね」一人が口を挟むと、同意するような声がいっせいにあがった。

「かもしれないわね」ルーシーは認めた。

「彼の写真はあちこちで見るわ」別の友達が、

知っていて当然だという口調で言う。「それに、いい人だけじゃ言い表せない男性よね」

「二本のたくましい脚が生えた欲望よ！」誰かが叫んだ。

「あの体は罪でできているんだわ」別の誰かがうらやましそうに言い、ルーシーの鼻先に雑誌の表紙を突きつけた。

表紙のタージを見て、ルーシーは鋭く息を吸った。日焼けした筋骨たくましい体を、ぴったりした水着が包んでいる。

「競泳で賞を取るほどなのか、好きで見せびらしているかのどちらかね」

「やめて」ルーシーは友達に懇願した。「私はコーヒーを飲んだだけで、それ以上のことはなかったわ」

「私が一緒に熱い飲みものを飲んでいたら、彼には間違いなく警備が必要だったわね」ルーシーの肩越しに記事を読んで、友達が言った。「それに、彼は悪名高いサファイア・シークの一人よ。とんでもないお金持ちで、飢えた狼《おおかみ》のように強欲なんですって」

「カラの王」ルーシーはつぶやき、唇を噛《か》んだ。顔をそむけ、カフェで知り合ったセクシーな男性が、世界的に有名なサファイア産出国の君主だった、という事実と折り合いをつけようとする。「知らなかったわ」

知っていたら、タージの誘いを受けた？

彼は非凡な男性だったから、私はたぶん会

えるチャンスを逃さなかった気がする。身分を知ったからって、なんの違いがあるの？ 王族という身分については考えたこともないけれど、大きな特権には制限や面倒がつきものなのはわかる。

ルーシーはいつものユーモアを発揮して考えた。中途半端はだめよ。デートというプールにちょっと足をつけるなら、頭のてっぺんまでどっぷりつからないと。王族のパーティがどんなものかは知らないけれど、別世界を垣間見る機会はどうしても逃せない。彼女は友達の顔をぐるりと見まわした。「今夜の支度を手伝ってくれる？」

みんながいっせいに〝いいわ！〟と叫び、ルーシーはもう後戻りはできないと悟った。

タージは警備の専門家じゃなかった。友達が押し合いへし合いする中、ルーシーは考えた。いいえ、彼に再会するまで待つのよ！

「ドレスと、踵《かかと》の低い靴は持っているの」彼女は説明した。「でもノースリーブのドレスだと、今夜は凍えてしまうわ。それと、パーティ用のバッグを貸してくれない？ リップグロスと帰りのバス賃が入る大きさのを」

笑い声と、手伝いの申し出が続く間、ルーシーはひそかに誓った。真夜中までには、無事に自分のベッドへ戻ろう。

女性のことで不安になるのは初めてだ。会

えずじまいにならないよう、ルーシーを一緒に連れてくればよかった。そう思いながら、タージは友人の豪華なヨットに乗りこんだ。ルーシーは独特で予測がつかないから、今夜、姿を見せるという保証はない。今回ばかりは、その点が大問題だった。

「女性はみな独特だ」友人のハリドが、グランドサロンと呼ばれる船室で言った。「心ここにあらずだな」顔をしかめるタージに、ハリーファの王は続けた。

「片づいていない用事があって」タージは簡潔に説明した。いつもならハリドといるのも、彼に興味を持たれるのも歓迎だったが、今はルーシーのことだけを考えていたかった。

デッキに出たタージは、まるでルーシーがふいに現れるかもしれないというように埠頭《ふとう》に視線を走らせた。彼女は大学の勉強をしているのか？　パーティの用意をしているのか？　それはわからない。

「女性の考えが読めないときはどうすればいい？」デッキに出てきたハリドに、タージはきいた。

「ベッドをともにすればいいじゃないか」

「効果的ではないな」

「だが、いいきっかけにはなる」ハリドは皮肉っぽく笑って反論した。

サファイア号のすべてが、今夜は誘惑を目的としているようだ。友人と二人して手すりを離れながら、タージは思った。生花店の優秀な一団は、コンテナに載せたエキゾチックな花々で最後の仕上げをしていた。

「おまえには〝金の間〟を用意した」ハリドが告げた。「その部屋でよければだが。せいぜい活用してくれ」

二人は皮肉をたっぷりとこめた笑みを浮かべた。「なにもかもが金でできた、あの部屋か」タージが言った。「加えて、あのとんでもなく官能的なタペストリーを見れば、誰だって逃げ出すだろうな」

「おまえは逃げない」ハリドが断言した。

「おまえならあのタペストリーは、どちらかといえばおとなしいくらいじゃないか」

「おまえをよく知らなければ、僕を女性とくっつけたがっていると思うところだ」タージは答えた。

「まさか」ハリドが言った。「僕はただ、彼女を調べただけだ。だが、いい成果を祈っている。どれだけ多くの女性が、あの〝金の間〟に誘われるのを喜ぶか知ったら、おまえもきっと驚く」

「芸術作品を見れば、インスピレーションをかきたてられるものだ」タージは冷ややかに言った。「だが、今回はそうはいかない」

「どう違うんだ、彼女も女性だろう？」

友人の表情を見て、ハリドは肩をすくめた。

「おまえ、すっかり熱を上げているんだな」

すっかり熱を上げている？　タージは歯を食いしばり、サファイア号の競泳用プールから勢いよく出た。そんな言い方じゃ生ぬるい。タオルをつかみ、運動で鍛えあげた体をいらだたしげに拭く。

ルーシーには警告しておくべきだ。会って十分とたたないうちに、僕の考えは変わるかもしれないから。今日は運動も役に立たなかった。こんなことは初めてだ。

タージは女性に悩まされるよりも、女性を悩ませるほうだった。ルーシーはとても若く、世慣れてもいない。ほかの女性が使う手管なども知らないだろう。だがおかしなことに、不愛想で挑戦的だった彼女にはあらいがたい魅力という、タージにいちばん必要のないものがあった。いつもつき合う女性は事情を心得ていて、扱いが厄介なこともなく、ほしいもののために彼を利用するほど世慣れていた。

しかしルーシーが相手だと、そういう納得ずくの関係は結べない。無垢《むく》な相手には高い代償がつきまとううえ、タージは聖人ではなかったが、彼女をベッドでの喜びに目覚めさせると考えると頭がおかしくなりそうだった。

時計という時計と船上のハイテク機器で、のろのろとでも時間が本当に進んでいるのを確認したのち、タージはひげを剃《そ》るのも後まわしにして船から陸へ降りた。これほどの不安を感じるのは、欲望が過剰だった若いころ以来だ。クリーニング店の戸口にルーシーが立っているのを見たときは、頭の中で原子核反応でも起こったようだった。

目を合わせながらルーシーに近づくタージは、彼女の反抗的な表情に興奮していた。その態度からは、正体を隠していた彼に仕返しをするつもりでいるのがわかった。

「説明してもらうことがたくさんあるわ」ルーシーが言った。

タージは、彼女から漂う野の花のような香りにうっとりした。「遅刻したかな?」相手の真意に気づいていないかのように、腕時計を見て顔をしかめる。

「ごまかさないで」ルーシーは警告し、驚くほど美しい翡翠《ひすい》を思わせる緑色の目を、精いっぱい威嚇するように細くした。

「こんばんは」タージは目を合わせたまま、穏やかにあいさつした。

「こんばんは、国王陛下」

「僕はタージだ」彼は静かに指摘した。

「たしか、カララの王様なのよね」

ルーシーは表情豊かな唇を皮肉っぽくゆがめていて、タージはキスをしたくなった。

「なにをするの?」彼に引き寄せられ、ルーシーが声をあげる。

「王だからといって、僕のなにが変わる?」

「なにもかも変わるわ」そう言うルーシーの

唇を、タージはからかうように唇でかすめた。

「もう放してくれる？」

「だめだ」初めてのキスはすばらしく、タージは全身に火がつき、もっとほしくてたまらなくなっていた。「最初からやり直そう」そう言って、心の準備がすっかりできていないルーシーを解放した。「こんばんは」彼はあらためてあいさつした。

「こんばんは、陛下」ルーシーはまだ息を荒くしたまま軽い調子で言い、許しとユーモアが入りまじった気持ちでタージと見つめ合った。「信用を取り戻すには、長い時間が必要だわ」ルーシーはキスで腫れた唇に舌を這《は》わせた。

「君にはもっと寛容な気持ちが必要だな」タージが言った。

「私のほうに？」

「そう、君のほうに」タージはきっぱりと言った。「行こうか？」豪華なヨットのほうをちらりと見る。

サファイア号は見事な船で、ここから見ても印象的だった。船首から船尾までが煌々《こうこう》と照らされ、どこもかしこもすばらしい。パーティプランナーたちは一日じゅう疲れを知らずに動きまわり、客のために船をおとぎの国に作りあげていた。思いがけない夜の始まりにまだ頭がくらくらしていても、ルーシーは喜びを隠しきれなかった。

「嘘《うそ》も驚きも、もうたくさん」保安用のゲートへ向かう途中、ルーシーは言った。「約束して。でないと、これ以上先には行かない」

「そんなふうに見られると――」

「なんなの?」彼女は暗い目でつぶやいた。

ルーシーになら、なんでも約束しよう。タージは思った。だが分別を働かせ、苦笑いをして肩をすくめるにとどめた。

「じゃあ、あなたは本当にカララの王様なのね」警備員が手を振って二人を通したとき、ルーシーはきいた。

「そうだ」タージは認めた。

「すごいわね」

「いいや、そうは思っていないだろう」タージは愉快そうに反論した。「少なくとも、僕の地位については」

「あなたはいつもそんなに自信満々なの?」

「ああ」今夜は別だが、とタージは思った。ルーシーのような女性には会ったことがないからだ。

「あなたは悪名高いサファイア・シークの一人なんでしょう?」彼女がきいた。「それだけでも、感心に値すると思わない?」

「悪名高いというよりも、伝説のと言ってほしいな」

ルーシーは肩をすくめ、足をとめた。「世界一裕福だと教えてくれてもよかったのに」

「どうしてだ?」タージはきいた。二人は招待客が集まる船のタラップに近づいていた。

「だって、私たちは全然違うから」

「そんなに不釣り合いだと思うなら、どうして君はここにいるんだ？　超のつく金持ちの生活を垣間見るためか？」

「それもあるわ」ルーシーは正直に認めた。

　タージがさがしていたのが口のうまい、気楽なデート相手で、王を感心させるようなことしか言わない女性だとしたら、彼はルーシーの言葉を悪く取っていた。そして、ほっとしていただろう！

4

「陛下……」タージに気づいた警備員は、最初の乗船口から二つ先の乗船口に案内した。

「ほかの客はなにを待っているの？」辛抱強く列を作り、乗船前の身分確認を待つ人々を見て、ルーシーはきいた。

　彼女がサファイア・シーク側の世界に触れるのは初めてなのだと自分に言い聞かせ、タージは説明した。「ハリド王の招待状は、サファイアをちりばめた銀の箱に入っているんだ」

「再利用できるんでしょうね？」ルーシーは生意気な笑みを浮かべてからかった。

「ああ」タージも同じ気分で答えた。「箱はパスポートやほかの書類がじゅうぶん入る大きさだ。ビザもね」

「船に乗るためにパスポートが必要ってこと？」ルーシーは大声をあげ、怒りと驚きが魅力的に入りまじった表情で彼を見た。

「特定の客が特定の国で降りるときはね」タージは肩をすくめた。「パーティはひと晩では終わらない」とまどった顔の彼女に明らかにする。「少なくとも一週間は続く」

「私には無理だわ」ルーシーは言った。「とにかく、パスポートも持ってきていないし」

「必要ない」タージは断言した。「外交特権という傘が、僕たち二人を守ってくれる」

「なんですって？」ルーシーは心底不安そうな顔になった。「船旅に参加するつもりはないわ。二時間ほどあなたといられればいい」

「僕もだ」彼はそっけなく言った。

気軽に笑い合ったあと、やがてルーシーは警告をこめた目で、次の言葉は真剣に聞いてほしいと伝えた。「私、真夜中までには帰らなくてはならないの。でないと大騒ぎになって、警察がさがしに来るわ。今夜、どこへ行くかはクリーニング店のみんなに伝えてあるから」

「僕を信用してくれていてうれしいよ」タージがからかった。「だが、賢明だな」

「私もそう思ったの」ルーシーは同意した。「流れに任せるのはいやだったから」

「そのほうがいい」タージがそう言ったとき、制服姿の高級船員が進み出て、二人をデッキへ案内した。タージはルーシーのことがますます気に入っていた。交際に発展するのを期待して、蔓《つる》のようにまとわりついてくるほかの女性と比べても、ルーシーは違う。彼女は真っ向勝負しかしない。自分を飾ったりしないのだ。

「陛下」

「なんだ？」タージは乗組員を横目で見た。

「ハリド王がお待ちですが」

顔を上げたタージは、人目を引く友人が乗船する自分たちをおもしろそうに見ているのに気づいた。「わかった」彼はつぶやき、乗組員にほんの少しうなずいた。「おいで」ルーシーに言う。「招待主に会う前に、見せたいものがたくさんある」彼女を他人と分かち合いたくはなかった。「今夜はサファイア号のすべてを楽しんでほしい」

ルーシーの目が喜びに輝くさまを見て、タージはさらに彼女を独り占めしたいという決意を強くした。ルーシーが喜んでいるのは彼といるからなのか、すばらしいパーティに出席できているからなのかはわからなかった。

　パーティの規模は、ルーシーがどれだけ想像をたくましくしても及ばないほど盛大だった。招待状は宝石をちりばめた箱に入っていて、客はダイヤモンドや、高級な香水をたっぷりつけている。到着する人が増えるにつれ、埠頭《ふとう》にはリムジンがずらりと並んだ。

　しかし、そんな客が列を作るのを横目に、ルーシーはカラの王と腕を組んで前へ進んだ。サファイア号ほど大きな船が個人の持ちものだという事実を受け入れるには、理屈抜きで信じるしかなかった。船にはいくつもデッキがあり、たくさんの楽団が演奏し、客もひしめき合っていた。

　さらに、真夏の王立植物園にも負けないほど飾られた花々は、費用をかけただけあって見事だった。花の香りにはうっとりしたが、あたりにはなによりもお金のにおいが――途方もない富のにおいが漂っていて、ルーシーは息がつまりそうだった。

「気分が悪いのか？」喉の奥でうめいた彼女に、タージがきいた。「まだ船は動いてもいないのに」

「動かないことを祈るわ」ルーシーはすぐに立ち直った。「少なくとも、私が乗っているうちは。ただちょっと、場違いな感じがしただけ。ここにいる人はみんなほっそりして、ダイヤモンドをつけて、デザイナーズブランドのドレスを着ているから」

「ばかばかしい」タージは切り捨てるように手を振った。「君はここにいる誰よりも美しい女性だ。それに、誰よりも頭がいい」

「全員に知能テストを受けさせたの？」あまり深刻に受けとめてほしくなくて、ルーシーは言った。「わかった、あなたはここにいる女性のほとんどを知っているのね」独特な目で彼女を見たタージにほほえみかける。「承知しておくべきだったわ」

「ほとんどは学業で有名なわけじゃない」タージは認めた。「だが、別の才能があった」

「やめて」ルーシーは言った。「下品な詳細は聞きたくないわ」

「肩の力を抜いて、楽しむんだ」タージがアドバイスした。

ルーシーはそうするつもりだった。この人はカラの王で、私にキスをした。またされるかどうかはわからないけれど、さっきの記憶は一生忘れない。とてもセクシーな彼が提案したように、今夜のパーティは絶対に楽しまないと。空想が最高の形で現実になることはそうそうない。ルーシーはタージがますます好きになっていた。礼儀正しくて、一緒にいて楽しく、とてつもなくセクシーだからだ。

「飲みものは？」タージが尋ねた。

「炭酸水をお願い」冷静でいなくてはと、ルーシーは自分に言い聞かせた。でも、今夜はむずかしそうだ。

「炭酸水です、マドモアゼル」乗組員がルーシーにクリスタルのグラスを渡した。

「腹はすいていないか？」タージがきく。

「今は炭酸水だけでいいわ。ありがとう」男らしい男性がそばにいるときに、食べることなんてできる？　タージのせいで手の届かないものがほしくなり、ルーシーは自分に言い聞かせた。彼にとって、私は埠頭で見つけた目新しい存在にすぎないのよ。

　サファイア号にはワインの噴水がいくつかあり、恋人たちはそこに集まっていた。腕をからませ、体を触れ合わせ、顔を近づけて親しげに笑う彼らから、ルーシーは目が離せなかった。

「グラスに注《つ》いでこようか？」流れ落ちるワインを見て、タージがにやりとした。

　一瞬言葉を失ったルーシーは、はっとわれに返った。「いいえ、今夜は強い飲みものはやめて、水だけにしておくわ」

　彼は笑った。「賢明だな」

　強烈なひととき、二人は見つめ合った。タージは神話の英雄のようで、ルーシーは頬が真っ赤になるのを抑えようとした。けれどとめる方法はなく、ケルト系の彼女の白い肌には、感情がありありと表れていた。

「どうして今夜、私を誘ったの？」

「花火だ」タージが言った。

ルーシーはまばたきをし、それから言われたことを理解した。船の周辺一帯で、羽毛のように光がはじけたからだ。「私は本気で知りたいの」彼女はなおも食いさがった。

これは危険な状況だ。ルーシーが男性に対していつもよそよそしいのは、継父との関係というもっともな原因があったせいだった。けれどもタージといると、冷淡でいるのがしだいにむずかしくなっていた。

「見てごらん！」

タージが腕に触れ、ルーシーは飛びあがりそうになった。一瞬遅れて彼の視線を追い、きらきらした緑色の衣装をつけたサーカスの芸人が空中ブランコに乗っているのを見る。

ルーシーは息をのんだ。その曲芸を危ないと思っただけでなく、タージが我が物顔で彼女の肩に腕をまわしたからだ。

「見るものはまだまだある」彼はそう言い、ルーシーを連れてデッキを横切った。

タージはふざけているわけではなかった。次に立ち寄った場所はまるで市場だった。そこには花や食べものの屋台が並び、あらゆる種類のきらびやかな土産品が陳列されていた。

屋台にいる乗組員たちは、エキゾチックで華やかなローブを着て、売り子役をうまくこなしていた。お金のやり取りはなく、たくさんの人たちが競って帽子やショール、ビーズ、装身具を手に入れては、デザイナーズブランドの服を飾っていた。

「これじゃあ、パーティじゃなくて舞台劇ね」ルーシーはタージに言った。

「ある人には滑稽なものも、別の人には普通ということがある」彼は指摘し、歩きながら言った。「ところで、今夜の君はとてもすてきだ。だからビーズのネックレスも、顔を隠す帽子も必要ない」

「気をつけて」ルーシーは笑ってたたくふりをし、タージがひょいと身をかがめた。「あなたも悪くはないわ。ちゃんと見れば……」

とんでもなく控えめな表現だった。上質なジーンズに開襟シャツという格好でも、タージはすてきだ。カジュアルなジャケットはボタンをとめていないので、力強い胸が見える。彼ならなにを着ていても、とんでもなく魅力的なはずだ。でも、裸のほうがもっといいとルーシーは思った。

　そして私は借りものの服を着て、友人代表として船にいる。ルーシーは顎を上げ、からかうようなタージの視線をまともに受けとめた。すると褒美のように、彼の視線が熱っぽくなる。もっと熱くなればいいのに。体がざわめくのを感じながら、彼女は思った。

「シャンパンはどうかな?」タージが通りすがりのウェイターが運ぶトレイから、クリスタルのフルートグラスを二つ取った。

「いいえ、いらないわ。すぐに酔っぱらってしまうから、あなたがよければ水だけにしておきたいの。よくなくてもそうするわ」ルーシーはユーモアたっぷりに答えた。今夜は思ったより楽しくなりそうだ。期待したよりもずっと楽しく。

「僕たちに乾杯」二人でグラスを掲げたとき、タージが言った。

「すばらしい夜に」生来の用心深さを発揮して、ルーシーは応じた。今はまたとないひとときで、最高にセクシーな男性とこれからキスをするかもしれない。でも、完全にわれを忘れてはだめ。

不思議なことに、サファイア号のデッキは混雑しているのに、二人がいる場所は静かでめだたなかった。タージはルーシーの手からグラスを取り、自分のグラスの横に置いた。

またキスをするつもり？　そう思って、ルーシーは体の隅々まで震わせた。全身が彼の存在を意識している。まるでこの人はいっときバイオリンを置いた巨匠で、私の琴線は触れられた記憶にわなないているみたいだ。それでもルーシーは、分別があるはずの頭が一時的に働かなくなり、体が騒ぐのを楽しんでいる自分を注意深く隠した。

「とても美しいわね」彼女はあたりを見まわした。花の装飾は信じられないほど見事だったが、その色はサファイア号のほかのものに比べれば控えめだった。なんだか恋人たちのために作られた、芳香を放つ淡いピンクと白の海の真ん中に立っているようだ。くらくらするような香りを吸い、ルーシーは目を閉じた。けれど、すぐにも船を降りなければならないという、考えたくない考えが頭に浮かんだ。「タージ、私――」

「なんだ?」タージがささやいて顔を低くし、ルーシーの目をのぞきこんだ。二人の唇はもう少しで触れそうだった。

「やめて」彼女は懇願した。

「どうしてだ?」彼がからかう。

唇を震わせたルーシーは、温かく、清潔で、刺激的なタージの香りにうっとりした。もう一度キスをしてほしかったし、急いで帰りたくもなかった。タージの唇が唇をかすめると、ルーシーは大きくため息をついた。こんなに気持ちのいいものが、よくないなんてことがあるのかしら?

でも、腕を軽くつかんでいるだけなのに、タージの手を私はとても危険に感じている。

しかし、ルーシーは彼から離れたくなかったうえ、もっと巧みに触れられたかった。タージはとても優しく、それでいて今まで出会った誰よりも強い意志の持ち主だった。そして、想像もつかないほどの喜びを彼女に約束していた。

「なにかおもしろいことでもあるのか?」タージが眉をひそめた。

ルーシーの気は変わっていた。「まるで映画のセットね」下のデッキからはピンクの霧がもうもうと立ちのぼり、二人をいい香りで包みこんでいた。

「君がいるなら、夢も現実になる」タージが冷静に言い、霧を払った。「下をごらん。砂浜とヤシの木のあるオアシスが見えるだろう」

「それもこれも全部、王の客を楽しませるためなのね」ルーシーは皮肉をこめて笑った。「じゃあ、ここにはなにがあるの？」炎が燃えているようなタージの目を見ながら、彼女は静かに尋ねた。

タージは考えにふけるようなまなざしをルーシーに向けた。「ここには二人の人間がいる。つまり、君と僕が。そしてどちらも夢見がちというよりは、地に足がついている」

そうだったらいいのに。かすかにほほえむタージを見て、ルーシーは思った。タージがちゃんと持っている分別を、彼女はキスをされたときに忘れていた。

「君は美しい」彼がささやいた。

「いいえ、そんなことはないわ」ルーシーは言った。「私は平凡なの。あなたは美しいけれど」顔をしかめるタージを見て、彼女は続けた。「わかった、あなたは美しいだけじゃない。厳しくて、たくましいわよね」

「そのほうがうれしいね」彼は笑みを浮かべ

た。「だが、それは君の意見だ」

「私はつねに正しいの」ルーシーは言った。

タージは笑って、片手でルーシーの顎を包み、もう一度キスをした。そのキスが終わるころ、ルーシーは彼の言うことならなんでも従う気になっていた。タージから離れて落ち着かなくてはならないと、心の奥底では思っていたけれど。

息もつけないようなキスをもっとしてもらい、すべてを知りつくした彼の手にもっと愛《あい》撫《ぶ》されたい。今夜が永遠に続かないのはよくわかっている。でも、至福の記憶は時がたっても消えない。

ピンクの霧が非現実的な演出を加えているせいで、普段の初デートでは考えもしなかった展開になりそうだ。タージのそばにいて、彼に触れていることは、日常からあまりにもかけ離れていた。人生でいちばんロマンチックな夜なのは間違いない。タージの魅惑的な黒い瞳を見ながら、ルーシーは思った。だったら、急いで終わりにすることはない。

ルーシーのすべてに、タージは魅了されていた。彼女の完璧な感触には驚かされた。思ったとおり行動の予測はできず、経験も乏しかったが、ルーシーは僕に合わせることなく、好きなようにキスに応えていた。それがなによりルーシーのいいところで、素直なのも好ましい。彼女は思ったとおりの女性だった。

そして、夜は始まったばかりだ。

「すてきなドレスだな」服のひだを直すルーシーに、タージは言った。腿の上に手をすべらせるルーシーを見ていると、彼は自分もそうしたくなった。

「服をかき集めてくれた友人には感謝しているわ」ルーシーが言った。「ああ、わかった」やすやすとタージの考えを読む。「このドレスが気に入ったのは、背中が大きく開いているからでしょう」

「それもある」タージは白状した。趣味のいい膝丈のドレスは、ルーシーが選んだのだろう。きらきらしたショルダーバッグには人工宝石がちりばめられ、そろいのハイヒールも同じだったが、こちらはルーシーの趣味とは思えない。彼女は控えめなほうが好みだろうし、靴は大きすぎたからだ。サファイア号の入口で乗組員に預けた古臭いポンチョは暖かそうだったが、ルーシーが苦労して稼いだ金を、あんなかさばる不格好なものに使うとは思えない。「いい友達を持っているようだな」

「最高の友達なの」ルーシーは同意した。

今夜を楽しめるように、たくさんの人がルーシーに力を貸したなら、彼女は機転がきくだけでなく気立てもいいのだ。友達を選ぶ目の確かさは言うまでもない。

「行こう」下のデッキから新たなピンクの霧が漂ってきたのを見て、タージは言った。ルーシーの手を取って指をからめ、船内でも悪名高い〝金の間〟へ向かう。

「先にハリド王に会わなくていいの？」二人きりになりたくて足を速めるタージに、ルーシーは後ろを振り返りながらきいた。

「彼はどこへも行かない」

でも、私たちはどこかへ行こうとしている。ルーシーは思った。タージは私をどこへ連れていくの？　理性が働き、彼女は唇を噛《か》んだ。しかし言うことを聞かない体は、さまざまな可能性にざわめいていた。

5

タージは、これから見せる部屋は唯一無二なのだとルーシーに説明した。歴史的な意味で並ぶもののない宝が山ほどあるだけでなく、有名な美しいサファイアや、黄金の装飾品や家具がいくつもあるというのだ。

「あなたが手がけた銅版画もあるのかしら？」ルーシーは軽い口調できいた。

「銅版画はない。あるのは官能的なタペストリーだな」タージは言った。驚いているルーシーに、さらに続ける。「本当なんだ。だから、心の準備をしておくんだな」

「人間の体がどう動くかなら、まったく知らないわけじゃないわ」

タージは笑った。「動きはあまりない。このうえなく奇怪にねじれているだけでね」

ルーシーは、〝私をばかだと思っているのね〟という目で彼を見た。「なんというか、すごく特別な部屋みたいね」

「皮肉が好きなんだな」彼はかすかに笑った。

ここはとても特別な客のためのデッキに違いない。警備員がタージに気づき、道を空けるのを見ながら、ルーシーは思った。通路は船のどこよりも贅沢《ぜいたく》だった。絨毯《じゅうたん》はフラシ天で、象牙色の壁にはしみ一つない。飾られている魅惑的な美術品はどれも控えめな照明で美しさを引きたてられ、座り心地のよさそうな椅子がちょうどいい間隔で置かれて、ひと休みできるようになっている。

ここでなにが行われるのかルーシーはわからなかったものの、タージは説明に時間を使いたくなさそうだったし、彼女も好奇心に背中を押されていた。どういうわけか、彼のことは信用していた。根拠はなく、無鉄砲かもしれないけれども、説明のつかない好意を抱いていた。

だとしても、流れには身を任せないほうがいい。はっとするような金色のドアの前でタージが足をとめたとき、ルーシーは思った。

「五分したら出るから」言葉をやわらげるために、彼女はからかい口調で釘《くぎ》を刺した。タージが関心がなさそうに肩をすくめる。

「すごいわ」ルーシーは一歩下がって、ドアの凝った装飾を見た。

「中に入るまで感想は待つんだな」彼がドアを開け、ルーシーを〝金の間〟に導いた。

この一時間ほど、過剰な贅沢にひたっていたルーシーは、なにを見ても平気だろうと高をくくっていた。ところが、唯一無二の部屋をひと目見て、言葉を失っていた。好きか嫌いかはともかく、その場所は光り輝いていた。

「わあ」あたりを見まわして、彼女は声をあげた。深いサファイアブルーの絨毯は足が沈むほど毛足が長く、壁も天井も家具も金箔《きんぱく》が張られている。純金製らしき装飾品にはきらめく青いサファイアがちりばめられていて、見るからに遠い昔の貴重な工芸品なのがわかった。

「私、音楽については詳しくないの」ルーシーはタージのほうを見て、静かに流れる弦楽器の音色に眉を上げた。

彼が笑った。「僕もだ。たぶん、雰囲気を盛りあげるためなんだろう」

「とにかく、香りはいいわね」ルーシーは認めた。金の盆で焚《た》かれている香のエキゾチックな芳香を、目を閉じて吸いこむ。「衝撃的なタペストリーだわ」ルーシーは目を開け、淡々と言った。

　あたりを見まわしても視線が必ずタージに戻ってしまうのは、官能的なタペストリーよりも彼に興味があったからだ。ただし、いくつか疑問はわいた。

「こんなポーズができるものなの？」彼女は首をかしげた。「人にこんなことができるなんて思えない」ショックは受けなかったものの、とまどっていた。

　タージはなんとも言えない笑みを浮かべただけだった。そして別のふんだんに装飾を凝らしたドアを開け、さらにまばゆい金の部屋を見せる。そこは広く、きらめくクリスタルのシャンデリアがいくつもあった。

　純金で作られているとおぼしき、壁に固定されたテーブルに腰かけ、タージは腕組みをした。「君の心は読みにくいな。君のことをもっと教えてくれ」

「私の心が？」ルーシーはタージの言葉を無視した。二人の間のつながりはこれまでになく強くなり、いつにも増しておしゃべりをしたい気になっていたけれど、部屋の雰囲気はあまりにも誘惑的だった。「パーティにはそう長くいられないの」自分と彼に念を押すように、ルーシーは言った。「だから、精いっぱい楽しみたいわ」そう続けながら、ドアへ向かう。「そうする責任があるから」

「僕もだ」タージが断言した。

どうしよう。緊張した時間が流れる中、ルーシーはまばゆく照らされたマリーナを見た。そこで営まれているにぎやかな日常は、二人がいる場所から百万キロも離れているように思えた。すぐにそちらへ戻らなくては。サファイア号がロープを解いて出航するとき、ここに残っているわけにはいかない。

「なにを考えている？」タージがきいた。

振り返ったルーシーは顎を上げて彼を見た。

「受け入れようとしているの……あなたを……私を……これを」彼女はあたりを見まわした。「もうすぐサファイア号はマリーナを出ていき、あなたも一緒に行ってしまう」

「僕を恋しく思ってくれるか？」

「いいえ」ルーシーは嘘《うそ》をついた。自分の気持ちを確かめ、残るか去るかを決めないと。

タージはルーシーの変化を感じ取っていた。純粋に楽しみ驚いていたのに、今は自分が今夜の筋書きのどこにあてはまるのかを考えこんでいるようだ。ルーシーが彼女らしい決断をすると、彼は喜ぶと同時に衝撃を受けた。

「あなたがほしいわ」ルーシーはきゃしゃな肩をすくめてささやいた。

ルーシーの率直さは、ほかのなによりもタージの欲望に火をつけた。彼はルーシーをゆっくりと抱き寄せ、首筋にキスをしたあと、じらすように唇を唇でかすめた。ルーシーが腕の中で向きを変え、彼の胸に背中をもたせかけると、タージはキスでふたたび彼女を震わせた。ルーシーは無邪気だから、慎重に応えなくてはならない。だが、彼は自制心を保っていられるかわからなかった。

「きれいだと思わない?」ルーシーが、床から天井まであるフレンチドアから外を見て言った。かすかな破裂音を先触れに、鮮やかな花火が暗闇を染めている。

　タージはルーシーの首筋をひげで軽くこすり、夜空にほとばしる光を歓迎した。セックスにはぴったりじゃないか?　ルーシーは特別で、それに性急だった。腕の中でそわそわする彼女を見て、タージは愉快になった。

　だが、驚くことはまだあった。振り返ってタージと向き合ったルーシーは、手を伸ばして彼の髪に指を差し入れ、引き寄せて、経験豊富な女性がするようにキスをした。熱く女らしい体を押しつけられてたちまち全身が硬くなり、タージはルーシーの胸をじっくりと手で探った。すると、彼女の胸の頂が小石のように硬くなるのを、てのひらに感じた。

「じらさないで」ルーシーは懇願した。おどけた顔は、彼女がどれだけ傷つきやすいかを表していた。「ところであなたは、私が太っているとは思わないの?」

　とまどいが顔に出ていると思いつつ、タージは安心させるようにほほえんだ。「太っている？　君は完璧だよ」

ルーシーは力を抜き、いたずらっぽく笑った。「だったら……」

「待つのは喜びが増すためなんだ」

「そんなことはしないで」彼女はからかうように言った。「あなたをちょうだい……」

「お望みのままに」タージはルーシーをさっと抱きあげ、ベッドルームへ運んだ。糊《のり》のきいたシーツに彼女を下ろすときには、会ったばかりの女性というよりも、長くつき合った恋人を横たえている気がした。理由があったわけではなく、ただ一緒にいるのが正しいと思えただけだ。ルーシーの新鮮な魅力と経験のなさに魅了されるあまり、頭には彼女を喜びに導くことしかなかった。

「タージ……」

手を伸ばしたルーシーの目は、瞳孔を縁取る翡翠《ひすい》色を除くと暗く陰っていた。「もうすぐだ」タージは約束し、キスができるよう身をかがめて、やわらかくみずみずしい彼女の唇にほほえみかけた。

「急いで」ルーシーは熱っぽく言い、タージの体をぎゅっとつかんだ。

顔を上げた彼が、愉快そうな表情になる。

「慌てると後悔するぞ」

「覚悟はしているわ」ルーシーは頭を切り替えた。「じっとして、分をわきまえるのには飽きたの。今夜は違った夜にしたい。あなたはほかの人とは違うから。それに、信用もしているし……いちおうは」彼女は悲しげに笑ってつけ加えた。

「責任重大だな」タージはにやりとした。

小さな手を、ルーシーは満足げに彼の肩にすべらせた。「あなたなら大丈夫だわ」

タージは体を揺すってジャケットを脱ぎ、椅子に放ると、すでにドレスを脱ごうとしていたルーシーに手を貸した。ブラとTバックだけになった彼女は、ミロのヴィーナスが生身の人間になったかのようだった。信じられないほど美しく、官能的で……とてつもなく興奮している。

ルーシーはタージのシャツのボタンを引っぱり、二つほどちぎり取った。そのボタンが床に落ちると同時に、彼はサファイアのカフリンクスをはずして、手の届かない安全なところに置いた。その間も二人は片時も目を離さず、タージが靴を蹴るように脱いだときには、ルーシーは彼のベルトに手をかけていて、ズボンから抜き取ると、勝ち誇った声をあげて仰向けに倒れた。

「お行儀が悪いな」さかんに呼吸を整えるルーシーに、タージは言った。

「そうね」ルーシーはうなずいた。「でも、私がどれほど前からこうするのを待っていたか、あなたは知らないでしょう」

「カフェで僕を見たときからか？」

彼女が笑った。「そんなところかしら」

「それでも、この時間は楽しみたい。長続きさせて――」

「いいえ」ルーシーはきっぱりと断った。

その手が大胆に体を這《は》い、タージは歯の間から息を吸った。ルーシーの手は小さく、彼は大きかった。そして、誘惑しているのは彼女だけではなかった。

「こうしてほしいでしょう」ルーシーがあえぐように言った。彼女の瞳孔は興奮で大きくなり、黒々としている。「あなたは追いかけたいのよね。私が追いかける側になったせいで、その楽しみを奪っちゃった?」

「とんでもない。それに、形勢はすぐに変わる」タージは警告した。

肩をすくめたルーシーは一瞬、自信がなさそうに見えた。タージはセックスが大好きだったから、巧みに彼を撫《な》でる彼女をとめはしなかった。ベッドでの時間を、これほど楽しいと思ったのは初めてだ。ルーシーの手がボクサーショーツにすべりこんだとき、彼はそう思った。

これまではほかの欲望と同じく、必要に応じて満たすべきものだったのに、ルーシーが相手だと限りない可能性が生まれる。彼女の経験のなさも、情熱を妨げはしなかった。タージの目をのぞきこむルーシーの瞳の奥は炎が燃えているようで、彼を求めているのがわかった。

「私を信じている？」ルーシーがきいた。

答える前に、タージはシャツの襟に親指をかけ、頭から脱ごうとした。

「お互いに信用できないと」彼女はじっとしたままタージを見つめ、答えを待っている。

「信用とは勝ち取るものだ」タージは反論し、シャツを放った。

いちばんもっともらしい嘘つきは、いちばん魅力的な姿をしている。タージは若いころにそのことを知った。ルーシーのおかげで、あの年上の女性のことは忘れていた。若くだまされやすかった王子のタージに、女性はいともたやすく運命を信じこませた。その運命のため、タージがお金を貸してくれれば事業が始められると彼女は語った。

夜中にタージを捨てたあと、宮殿から宝石を盗んだのは貴重な見本にするためだった、と女性は法廷で語った。彼女に裏切られたタージは心を閉ざし、カラのことだけを考えるようになった。そして、二度と誰にもだまされないと心に誓った。

だから、タージにとって信用は重要だった。空気のように不可欠だが、つねに失望させられると覚悟をしているものでもある。だが今夜だけは、そのことは忘れよう。

「喜びに身を任せるとき、そこにはどんな障壁もない」タージは服を脱がされつつ言った。

「そんなものは必要ないわ」すばやく残りの服を取り去り、ルーシーは断言した。

タージの自制心の下で欲望の炎が燃えさかっているのを、彼女は感じていた。これほど興奮し、男性を求めるのは初めてだ。ミケランジェロのブロンズ像のような彼が、一糸まとわぬ姿で堂々と目の前に立っているのだから当然と言える。

途方もなく大きな男性とベッドをともにするという不安は、自分の中に彼を迎えたいという思いに変わっていた。タージは私に無理じいしないはずだ。魅力的すぎるタージのそばなら、継父への恐怖も忘れていられる。彼がカララの王ではなく、私がただの庶民でなかったら、すぐにでも恋に落ちていた。

「今度は僕の番だ」タージが言った。

ルーシーに逆らう気はなかった。手際よくブラを取られる間も、彼は目と目を合わせていた。

「気持ちいいか？」彼がささやいた。

ルーシーは喜びに体を震わせ、タージの引きしまった温かい胸に顔をうずめて規則正しい鼓動を聞いた。心が安らぎ、次になにが起ころうと、これまでにない喜びが味わえる気がした。

隣に寝そべったタージは思っていたよりも大きく、彼に比べればルーシーは胸のある小枝も同じだった。タージがその胸に注意を向けたとき、ルーシーは喜びにあえいだ。彼がほしくてたまらず、体を弓なりにする。楽になる方法は一つしかないのに、タージは欲求を満たすことを急いでいないようで、ベッドの足元のほうへ移動し、彼女の足をマッサージしつつキスをした。

どうにかなりそうだ。喜びが体の芯まで伝わるのを感じながら、ルーシーは思った。彼女の体を裏返し、タージが膝の裏に口づけすると、さらに感覚が刺激される。息を吸うためにまたあえいだとき、ルーシーは自分がこれほど敏感なのを初めて知った。

小さなレースのＴバック以外なにも身につけていないルーシーの体は、彼の腕の中で興奮に震えていた。シーツの上でもだえながら、彼女はもっとしっかり触れてほしいとねだった。タージが威勢のいい子馬を手なずけるように、力強い手でルーシーの背中を撫でる。震えはどうにもできなかったけれど、ルーシーはようやく落ち着き、次に彼がすることを待ち構えた。

「すごく敏感なんだな」タージはその事実を喜んでいるようだ。

ルーシーは満ち足りたうめき声をあげることしかできなかったけれど、タージが彼女の腿に同じことを始めたときには興奮の叫び声をあげた。知らないうちに脚を開き、タージをあからさまに誘う。こんなふうに体がうずいた記憶は今までなかったし、しかもまだ指先がかすめただけだ。ルーシーは枕を取り、胸の前で抱きしめた。そうしていると、待つ力が与えられる気がした。

「仰向けになるんだ」タージが命じた。

その口調に興奮が耐えがたいまでにつのり、ルーシーは急いで言われたとおりにした。

とても感じやすいうなじをタージがひげでかすめ、ルーシーは喜びの声をあげた。これがベッドでの技術を教える講義なら、彼女は誰よりも熱心な生徒になろうと思った。

ルーシーの両脚を肩にのせ、タージが辛抱強く待っている場所に顔を近づけた。舌で欲望をなだめ、ルーシーに小さなうめき声を何度もあげさせる。「今だ」低く支配的な声で言うと、タージは顔を上げ、舌を指に変えてルーシーの反応をうかがった。

ルーシーはもう持ちこたえられなかった。身も心もさらけ出していることが頭をよぎっても、欲望は抑えられなかった。そしてもっとも強烈な解放の瞬間が訪れて、繰り返し歓喜の叫び声をあげた。

「いいぞ」タージはルーシーを褒め、キスで落ち着かせて、ゆっくりとわれに返らせた。

いいという言葉では、たった今経験したことは少しも表せない。彼女はタージにしがみつき、もっとほしいと控えめに訴えた。

しかし、そのしぐさはそう控えめでもなか

ったらしく、タージが笑った。彼女にはそういう親密さがなにより大事に思えた。この時間を終わらせなくてはいけないの？　タージはあらゆる点で理想的な男性なのに。でも、一つだけ問題がある。私はどこかで現実に戻らなくてはならない。

「きれいだ」タージが体を引いてささやいた。

　ルーシーはそうは思わなかったけれど、タージに言われるときれいになれた気がした。どういうわけか、体へのコンプレックスも消えている。二人はまったく違うのに、不思議なことだ。美しいタージは剣闘士のような体格で、浅黒く日に焼け、たくましかった。それでいてルーシーにはやさしく、見た目も際立っていて、ほかの男性は足元にも及ばない。つまり、ルーシーがもう恋人を作れないことは確実だった。残酷な運命だ。タージはカララの王で、手の届かない人なのに、お互いの体を楽しむことがやめられないなんて。

「今度はなにがおかしいんだ？」タージが暗い笑みを浮かべてきいた。

「ちょっと空想にひたっていたの」

「そんなものは忘れるんだ」彼がルーシーの上になった。「現実のほうがずっと楽しいんだから。それに、必要もないのに緊張することはない」

　タージは冗談を言っているの？　ルーシーは両手をなんとか彼の体にまわした。

「君を傷つけはしない」タージが約束した。

「急ぐのはあとでいい」キスでじらされ、ルーシーは枕の上で頭を振った。

「でも、あまり長くは待たせないで」彼女は激しい口調で訴えた。

　感じやすい場所をさがしあててタージが丁寧に愛撫《あいぶ》すると、たちまちルーシーはのぼりつめそうになった。けれどその寸前、タージは触れていた手を引っこめ、彼女は満たされないままあえいだ。

「脚をもっと開くんだ」彼が穏やかに命じた。

「そのほうがいい。さあ……」手に取った枕をルーシーのヒップの下に置いて、さらによく見えるようにする。すっかり無防備な姿になった彼女は、敏感な肌の周辺をくまなく刺激されながら、求めてやまない解放の瞬間を待ちこがれた。

「もう我慢できないわ」ルーシーは泣き声をあげた。

「我慢するんだ」タージは言い張った。「でないと、やめるぞ」

　大きく不満をもらし、彼女は怒った。「でも、無理だわ。今すぐほしいんだもの！」

「耐えれば見返りがあることを、君は学ばないとならないな」タージが静かに言った。

「あと少しだけでいいの」ルーシーはできるだけ心を動かすような声で哀願した。

「そうしたら、君はわれを忘れるのか？」

「どうしてわれを忘れちゃいけないの？　そのためにしているんでしょう？」

「さっきも言ったように、君には学ぶことがたくさんある」タージは言った。「君はわれを忘れるだろう。一度だけじゃなく、何度も。僕の言うとおりにすればね。脚を開くんだ」彼が命じた。

痛いほど敏感になっている部分をタージが指でかすめただけで、ルーシーは理性をなくして叫んだ。体を弓なりにして彼に押しつけると、ひたすらつながりを求め、本能のままに何度も腰を動かす。

タージが冷静に手を引いて命じた。「もっと大きくだ」

そのころには、ルーシーは喜んでなんでも言うことを聞く気になっていた。「もっと」震える声でどうにか言う。

タージはまたルーシーを喜びの瀬戸際まで追いつめ、少しだけ彼女の中に入った。タージが身を引いたときの満たされない苦しみは言葉に尽くせないほどで、ルーシーは手を伸ばして彼のヒップをつかんだ。

「まだだ」タージが注意した。

「待てないの」ルーシーは激しい口調で言いながら、タージを求めた。タージはやすやすと彼女を引き離すこともできたが、すでに引き返せないところまできていた。だから勝ち誇ったようになり、ルーシーをベッドに押しつけて自分のものにした。

どれほどルーシーがほしくても、タージは急がないと心に決めていた。彼女には正当な理由から、今夜の出来事を覚えていてほしかった。そのためならルーシーがどれほどその気になっていても、我慢するつもりでいた。彼は満たされたくて悲鳴をあげる体を容赦なく制御した。そしてルーシーの両手を、頭上に積みあげられたやわらかい枕の上で固定し、ゆっくりと奥へ入っていった。

タージは時間をかけ、ルーシーが喜びを存分に味わえるようにした。その甲斐《かい》あって、彼女はたちまちわれを忘れた。彼は下で激しく動くルーシーが、できるだけ自由でいられるようにした。

ルーシーとのセックスは、呼吸のように自然だった。言葉がなくても二人は通じ合い、楽しみと、喜びと、信頼の中で親密さを増していった。知り合ってこれほど短い間に女性とこんな関係が築けるとは、タージは想像もしていなかった。ついにルーシーがのぼりつめて力つきたとき、彼はほほえみながら思った。ベッドの上の官能的なタペストリーも、僕たちに比べたらおとなしいものだ。

「あなたは疲れを知らないの？」タージに起こされて、ルーシーはきいた。枕に顔をうずめたまま笑みを浮かべ、魅力的な視線を彼に向ける。満足した子猫のようにシーツの上で丸くなっているルーシーを見ていると、タージは手に入らないものを求めたくなった。そこでまたルーシーを抱き、複雑な問題を考えるよりも喜びを感じることにした。

長い時間がたったのち、タージはルーシーに向かって自国の言葉でささやいている自分に気づいた。そんな言葉は誰にも言った経験がなかった。なにがあろうと、今では彼女はタージの一部だった。そして、ルーシーが彼を求めるように彼女を求めていた。ルーシーに腕をまわし、タージは目を閉じた。それから、二人は眠りに落ちた。

しばらくして、ルーシーは目を覚ました。タージはというと、ベッドで大の字になっている。どうやら彼に抱きしめられたまま、かなり深く眠っていたらしい。

タージは本当に美しいわ。カララの王を見つめて、彼女は思った。

そのときデッキで物音がしたので、ルーシーはとっさに警戒した。サファイア号が出航したときに船にいたらどんなことになるかを思い出し、タージを起こさないようにベッドを出て、窓の外を見る。最悪の不安が的中しそうになっているのに気づいて、彼女は心臓が口から飛び出すかと思った。

サファイア号はマリーナを出ようとしていた。慌てて服をかき集めるルーシーの頭には、出航前に降りなければならないという考えしかなかった。それなら一刻も無駄にできない。この部屋であったことはすばらしい夢だった。けれども夢なら、いつかは目覚めなければならない。

二人にはそれぞれの人生があり、タージのいる世界にルーシーの居場所はなかった。忍び足でベッドに戻り、彼女は切ない気持ちでタージを見つめた。でも、この人を手に入れることはできないのだ。

自分が愛したただ一人の男性から無理やり顔をそむけ、彼に心を奪われたまま、ルーシーは急いで部屋を出た。タージは私に飽きれば、別の女性のところへ行くはずだ。タラップを急いで下りるルーシーの頭の中で、分別の声はそう主張していた。サファイア号が出航したあとも、カララの王の人生はそれまでどおりに続いていく。けれども私には、ひと休みする贅沢なんて許されない。

乗組員が綱を岸から船に投げ入れる声がして、ルーシーは後ろを振り返った。その耳ざわりな声は、愚かにも彼女が心に思い描いてしまった夢の終わりを告げているようだった。

6

三カ月後……。

二つ目の職場であるキングスドックのレストランで、ルーシーはタイル張りの床に立ちつくし、タージとの再会に驚いていた。あと何回、私はショックに耐えることになるの?

必要な限りよ。気持ちを落ち着けるために何度か深呼吸したあと、彼女は自分に強く言い聞かせた。ほんの一時間ほど前、パニックに陥った母から電話があった。継父が思いがけなく仮釈放を許され、刑務所を出るという。その事実は二人に危険が迫ることを意味していた。おなかの中の赤ん坊も巻きこまれると気づいて、ルーシーの気分は悪くなった。

それに加えて、今度は……。

〝イギリスから逃げるのよ〟母は懇願した。

〝助かるにはそうするしかない。この国にいてはだめ。あの人があなたを見つけたら、そのことを利用して私を苦しめるわ。私たちの命は危険にさらされているのよ、ルーシー。あなたがあの人の手の届かない安全な場所にいるとわかるまで、私は安心できない〟大げさでもなんでもなかった。これまでの経験から、ルーシーは継父がどれだけ危険で非情になれるかをよく知っていた。

タージの目を見たルーシーは、すぐにいっさいを打ち明けたい気持ちを抑えつけた。私の目にも感情は表れているはずだ。タージは私の心が読めるから、彼の子供を宿していることもそう長く隠してはいられない気がする。

あと数カ月で赤ん坊が生まれると思うと幸せだったので、彼女は隠したいとは思わなかった。けれども、子供が二人を生涯結びつけるという事実をどう考えていいのか、タージが喜んでくれるかどうかはわからなかった。

「また会ったな」カラの王は歌うように言った。まばゆいばかりにハンサムな顔に、感情はいっさい表れていない。

ルーシーはたちまち悟った。目の前にいるこの人は、カフェで出会った楽しいことが大好きな男性ではない。行きずりの関係を持っただけというように、タージは冷たい目を向けるばかりで、ルーシーに近づこうともしなかった。

それでも敵意をあらわにしているタージに、なんとかしてイギリスから連れ出してもらわなくてはならない。これが単なる衝撃的な再会ではなく、都合のいい運命のいたずらでも利用するしかないのだ。行かなければならないなら、私はカラへ行く。大事なのは、母と赤ん坊の身の安全だから。

そんな考えがルーシーの頭には渦巻いていた。理論立てて、カラへ連れていってくれるよう彼を説得できればよかったけれど、そんな時間はなかった。

ほとんどわからない程度にうなずき、カラの王は給仕長を呼んだ。「ルーシーと会うのは久しぶりなんだ」タージは給仕長に説明した。「だから、今夜は彼女を休ませてくれるとありがたいのだが」

あれは問いかけではなく指示だわ。給仕長が答えるのを聞きながら、ルーシーは思った。

「もちろん、かまいませんとも」給仕長は言った。「どうぞご随意に、陛下」

少なくとも、運命は母に味方した。タージに見つめられたまま、ルーシーは気づいた。三カ月前は、タージのもとを去らなければならない純粋な理由があった。彼が根に持っていないことを祈るばかりだ。

タージと同席していた高名そうな紳士は、食事を突然打ち切られても文句を言わなかった。ルーシーの手を取って丁寧にお辞儀し、席を離れると、すぐさま公用のリムジンで去っていった。今のところは問題ない。彼女はそう思いつつ、促されてタージの前に座った。

「長居はできないんだ。水でいいかな？」

身重でなければ、強いブランデーのほうがよかったのに。愉快とは言えない状況を少しでも愉快にしようと、ルーシーは考えた。タージが〝長居はできない〟と言ったことも、頭をはっきりさせておかなくてはならない理由になった。「かまわないわ」ルーシーはそう言って、不安を抑えつけた。

「大丈夫か？」タージが眉をひそめた。ルーシーには冷たくても、基本的には親切な人なのだ。「僕と再会したショックが、耐えがたいものでなかったならいいが」

その皮肉な口調に慎重になる必要を感じ、ルーシーは鋭い視線をタージに向けた。彼女が黙っている間、タージの表情は相変わらず石のようだった。言いたいことはたくさんあるのに心の扉を固く閉ざしているようで、巧みなキスができる唇も結ばれたままだ。

明らかに、タージは私が去ったことを怒っている。カラの王を相手に、誰がそんなまねをするかしら？　相手が誰であっても、説明もせずに逃げ出したりする？　ルーシーは沈んだ気持ちで思った。うまく説明する方法を見つけなくてはならないのはわかっていた。さもなければ、運命が思いがけず用意してくれた国外へ出るチャンスと、タージに赤ん坊ができたと話すチャンスが失われてしまう。

彼女はありがたく水を飲み、単刀直入に切り出した。「あの夜、サファイア号でさよならを言わなかったことは謝るわ。でも、あなたは眠っていたでしょう」

「起こそうとは思わなかったのか？」

タージはルーシーの手に負える相手ではなかった。それに、なにより赤ん坊のことを打ち明けたくても、レストランは混雑していた。こんな大切な知らせは、どちらにも意味がわかるように二人きりで話したい。

「水よりも強い飲みものがほしいんじゃないか?」タージは、心などたやすく読めると警告するかのように言った。

うっかり本当のことをしゃべらないよう、ルーシーは断固とした口調で言った。「勤務中は飲まないの。まだ仕事があるから」

「今夜はもう働かなくていいはずだ。なにが問題なのかわからない」黒い瞳は反論してみろと語っていた。「なにか飲めば落ち着くんじゃないか」

「どんなにいいときでも、私はめったに飲まないの」ルーシーは伝えた。

「今はいいときじゃないのか?」

タージの言葉の端々に皮肉がにじんでいるのに気づいて、ルーシーは背筋を伸ばし、心を決めた。誰にも私を臆病者とは言わせない。長いこと、この二本の足で立ってきたのだから。私は母親になるのだ。継父にも心は壊されたりしなかったし、おびえて逃げたりもしなかった。だから子供と母を守るためならなんでもするし、身を守るためなら闘う。深く息を吸い、彼女は言った。「話があるの」

「妊娠しているんだろう」タージは感情もま

じえずに言った。

　ルーシーはショックで息もできなかった。私が打ち明ける前に、彼は気づいていた。

「どうしてわかったの？」

「君だからだ」タージは言った。「妊娠三カ月くらいか？」

「ええ」

「そして、僕の子供だ」彼は念を押した。

「ええ、ほかの男性じゃないわ」彼女はかっとなって認めた。

　ルーシーが自分の子供を産もうとしていると知り、タージはみぞおちを殴られた気分だった。僕は父親になる。だが、父親についてなにを知っているだろう？　なにも知らない。薄情な社交家だった自分の父にならえば、子供の将来はみじめなものになる。

　記憶がよみがえった。寄宿学校の休暇が始まるとき、たった一人で取り残され、スーツケースに座っているのがどんな気持ちだったか。学校の職員はアブドラに電話して、両親に放っておかれた僕を迎えに来させた。

　アブドラは、僕がたくさんの子供と保育園にいたころから面倒を見てくれた。アブドラの幸せな家庭に招かれたから、僕は子供が愛に包まれて暮らせるのを知った。関心のない両親のもとに王子として生まれるのではなく、アブドラが父親だったらどんなにいいだろうと思ったか。

自分が父と同じことを子供にすると考えただけで、タージは不安でいっぱいになった。しかし恐怖を抑えつけ、感傷的な記憶から決断が必要な現実へと意識を向けた。

形だけの家族も、最初から僕を惹《ひ》きつけた女性も、手に入れることはできる。それでも、ルーシーの子供が僕たちを生涯結びつけることはない。王としての人生の予定にはないからだ。

ルーシーは青ざめ、不安そうに顔にしわを寄せて、タージの反応を待っていた。動揺はしていたが、彼はすぐに論理的に考えた。ただちに、母と子の両方を守る手段を講じなければ。愛人が妊娠すると考えたことはなくても、ルーシーと子供を保護下に置くことは必要不可欠だから、できるだけ早く彼女を連れ出したかった。

心を決めて、タージは立ちあがった。「行くぞ」そう言って、ルーシーがついてくるのを待った。

「行く？」ルーシーが外をちらりと見た。そこには流線型の黒いリムジンがもう一台、縁石のところにとまっていた。

「郊外にある僕の屋敷へ行き、それからカラへ向かう」彼は説明した。「話し合いが必要だが、ここではできない」

「郊外にあるあなたの屋敷？」どうすればいいかわからないのか、ルーシーの声は震えていた。「それからカララへ？」

見間違いだろうか？　それとも彼女は本当に、イギリスを出ると聞いて顔を輝かせたのか？　いや……喜んでいるだけじゃない、ほっとしているのだ。タージの中に疑いが生じた。「まず郊外の屋敷へ行き、君をカララへ迎える手はずを整える。宮殿の者にあらかじめ知らせておく必要があるのでね」

　事を荒立ててはいけないわ。ルーシーは思った。タージの声はとても冷たく、彼と一緒にいても幸先《さいさき》がいいとは思えない。けれども、三カ月前に私がいなくなった事実を彼がどう思っていても、赤ん坊の誕生にどれほどショックを受けていても、母と子供を危険から救うためにはイギリスを出ることが最優先だ。それなら、カララの王に保護されて出国する以上に、安全な手段がある？　外交的保護権があれば、邪悪な継父がつけ入る隙をこれっぽっちも与えずに、私の身は守られるはずだ。

　意を決してルーシーは立ちあがったものの、そのとき黒い服を着た人物が物陰から現れた。一瞬、継父の手先に見つかったのかと思ったが、タージがうなずいて下がらせると、彼の部下なのだとわかった。

　一難去ってまた一難、というわけかしら？

「私をついてこさせるのに、護衛は必要ないわ」ルーシーはタージに言った。「おとなしく行くから」一度は楽しんだユーモアを取り戻そうと、彼女は弱々しい努力をした。

　タージはなにも言わなかった。それどころか、これまでになくよそよそしかった。赤ん坊が生まれると知ったショックから立ち直る時間が、彼には必要なのだ。ルーシーは自分に言い聞かせた。今夜、動揺しているのは私だけじゃない。

「では行こうか」タージが静かな、きっぱりとした口調で言い、ドアに目をやった。

　ルーシーはさらに時間をかけて、二人がかつて分かち合った温かな時間の名残を少しでも見つけようとしたけれど、無駄な努力に終わった。

「乗るんだ」運転手が王室のリムジンのドアを開けると、タージが鋭く言った。

　豪華な内装の車に一緒に乗りこんでも、タージはルーシーの顔も見たくないというように、そっぽを向いていた。いいえ、考えごとをしているのかもしれない。彼女はそう自分を納得させた。

　これほど敵意を持った男性と閉じこめられていては、どんな贅沢《ぜいたく》さもなぐさめにはならなかった。責任はお互いにある、とルーシーは言いたかったけれど、母から警告の電話があった直後では波風を立てられなかった。国外へ出るのにうってつけのチャンスなら、なにがあっても手放してはいけない。

「この三カ月、なにをしていた？」タージがきいた。

突然、現実に引き戻されたルーシーは、彼のほうを向き、その険しい目をしっかりと見据えた。「仕事をしていたわ……勉強も」

妊娠がわかるとすぐに、ルーシーはクリーニング店のそばのレストランでも働きはじめ、大学を卒業するために懸命に勉強した。おかげでほんのわずかな自由時間もなかったけれど、キングスドックの近くに見つけた小さな庭つきのフラットの保証金を払うためには、お金が必要だった。子供は小さな庭のある住まいで育てたかったものの、継父が自由になった今は計画を変えなくてはならなかった。

なにもかもが慌ただしかった。突然現れたタージについていくことも、雇い主に連絡して、しばらくイギリスを離れると説明しなくてはならないこともそうだ。幸い、大学は休みに入っていたので、問題は一つ片づいていた。

「なぜなんだ、ルーシー？」

「なぜって？」タージの声に驚き、彼女は緊張から背筋を伸ばした。

「なぜ僕の前から姿を消した？　赤ん坊ができたと話すのに、なぜこんなに時間がかかった？　僕たちは信じ合えていると思っていたのに」

「信じ合えているわ……今も」ルーシーはきっぱりと言った。

タージの口調は荒々しく、黒い瞳は氷のようだった。彼に国外へ連れ出してもらうためなら、ルーシーはどんなチャンスにもしがみつくつもりだった。継父に見つかって、母の身に危険が及ぶようなことにはさせない。

タージがあざわらうように口元をゆがめた。

「そうかな?」

疑うようなまなざしに射すくめられ、ルーシーは二人の関係が変わってしまった現実を憎んだ。なんとかして、三カ月前のタージに戻せたらいいのに。あまりにも敵意をむき出しにする彼に、しだいに居心地が悪くなっていた。

「カララへ発《た》つ前に、郊外の屋敷へ行くと言っていたわね。とても遠いの?」スピードを上げて走るリムジンの窓から外を見て、ルーシーは尋ねた。ぼんやりしている間にどれほど遠くまで来たか、今になって気づいていた。

「なにか問題でもあるのか?」

「もちろんよ。みんなが私をさがすもの。警察にも通報するかもしれない。ただ姿を消すわけにはいかないわ」

表情を曇らせたタージは、ますます険悪に見えた。それに、驚くほどセクシーだ。ルーシーはしぶしぶ認めた。三カ月前にも感じた魅力は、今も見えない力のように二人の間に存在していた。

「電話して、安心させてやればいい」

「どこへ行こうとしているのかがわかったら、そうするわ」

言葉に気をつけなくては、とルーシーは自身をいましめた。カララの王と口論しても始まらない。今の彼はカフェで出会った分別のある男性とは違う、まったくの別人だ。

そして、私はなんなの？

母親よ。ルーシーは、まだふくらんでいないおなかを守るように手をあてた。策士のようなまねはいやだったけれど、チャンスを手に入れたからには最大限に活用しなくては。

「なにを隠している？」タージが疑うようにきいた。

彼は私のことをあまりにもよくわかっている。あんなに短い時間を過ごしただけで、私の考えが手に取るようにわかるなんて。「なにも」しかし、ルーシーは罪悪感に襲われた。

「僕といると緊張するようだな」明らかに信じていないようすで、タージが言った。

「住所を教えてくれたら、リラックスできるかもしれないわ。あなただって、私みたいな立場になるのはいやでしょう」

「僕がそんな立場に追いこまれることはない」彼は冷たくはねつけた。「仮にそうなったとしても、大騒ぎはしない。抜け出す方法を見つけるだけだ」

電話が鳴り、タージの気がそれた。彼がカララ語で話している間、ルーシーは窓の外を見ていた。リムジンはすんなり高速道路に入り、スピードを上げていた。

「なにを考えているか、そろそろ話す気になったか？」電話を切ったタージがきいた。

「僕を置いていった謝罪かな？」鋭い口調で続ける。「君に仕事や大学、責任があるのはわかった。わからないのは、なぜ出ていく前に僕を起こさなかったのかだ。ほしいものを手に入れた以上、とどまる理由はなかったからなんだろう？」

「ほしいものって？」ルーシーは眉をひそめて尋ねた。

「王とのセックスだよ」タージがあざけるように言った。「クリーニング店に戻ったとき、同僚に自慢したんじゃないか？　それとも、マスコミに売るつもりだったのかな？」

「ありえない。そんなことをしたら、今ごろみんなが知っているでしょう」ルーシーは硬い口調で反論した。時間がたつにつれ、冷静でいるのがむずかしくなっていた。

しかしタージがあざけるように顔をゆがめていても、ルーシーは自分たちが失ったものを考えて胸が苦しくなった。でも、失ったってなにを？　あの夜、たしかに私はほしいものを手に入れたけれど、それはタージが考えているようなものじゃなかった。彼の腕の中で経験したすばらしい喜びは、一生心に刻まれて消えないに違いない。

「二人には追い求める価値のあるなにかがあったと、僕は誤解していた」タージは相変わらず冷たい口調で続けた。「君は僕の腕の中で眠っていたが、僕が目覚めたときにはいなくなっていた。そんなまねをしておきながら、どうやって信じろというんだ？」

「あなたへの気持ちが怖くなったの」ルーシーは包み隠さず打ち明けた。

「それで立ち去ったのか」タージが信じられないというようにかぶりを振る。

「あんなに早く絆《きずな》を感じなければ、船にとどまるほどあなたを信じなかった。ましてや、ベッドをともにしたりしなかったわ」

「僕は君を信じていたのに」

まるで責めているような口調だ。「今はもう一度やり直したいと思っているの」初めて会ったときの打ち解けた関係に戻りたいと願いながら、ルーシーは言った。

「だろうな」タージはそっけなかった。

「三カ月前の夜をそんなに怒っているなら、どうして私はここにいるの？」

「子供のことがあるのにか？」タージは食いしばった歯の間から尋ねた。

その口調はやすりを思わせた。私を削ろうとしているみたいだ……。「あなたを誤解させる気はなかったの。私は現実的に考えただけ。それに、あの夜あったことを、あなたにも後悔してほしくなかった」

リムジンがスピードを落とし、ルーシーは目的地が近いのに気づいた。窓の外に、強力な防犯用照明に照らされた、そびえるような門が見えてきた。その向こうには長く広い私道が続いている。途方もなく壮麗で巨大な屋敷へリムジンが堂々と近づくにつれ、ルーシーは徐々に孤独と不安にさいなまれた。建物を包む畏敬の念を呼び起こすような歴史的な雰囲気は、ここがタージの世界なのだという事実を強調していた。

でも私は母に、誰よりも強い戦士になるのよ。ルーシーは思った。だから決して赤ん坊を、そして自分の母を見捨てはしない。

これまでは、問題は白か黒かにはっきり分かれていた。屋敷に近づきながら、タージは考えた。だがそれはルーシーに出会う前のことで、今でははっきりしているものはなにもなかった。それにしても、レストランで彼女を見たときの激しい感情には驚いた。その衝撃は妊娠を知ったときに匹敵した。ルーシーはほかになにを隠している？　なぜ彼女の言うことを、もはやなに一つ信じられない？

たしかに、僕の人を信用する能力には問題がある。子供のころに見捨てられたせいで、その能力を取り戻せるかどうかも疑問だ。だがルーシーにひどくいらだつのは、プライドが危機に瀕《ひん》しているせいだろうか？　女性に拒まれたことも、ましてや捨てられたこともなかったからか？　しかしルーシーほど、僕の心を動かした女性はいなかった。

　タージは疑っていた。子供が生まれたら、ルーシーはいい母親になるのか？　それとも、僕を捨てたように子供も捨てるのか？

　リムジンが屋敷へ進むにつれ、タージは若かった彼に愛をささやいた女性のことを思い出した。その後、女性は持てる限りの宝石と、事業への気前のよすぎる融資金とともに去っていった。ところがルーシーは僕になにも求めず、なにも手に入れていない。石になった僕の心の大部分のほかには。

「僕は君を傷つけたのか？　なにか心ないことをしたか？　だから、赤ん坊ができたと教えなかったのか？」

「違うわ」その口調は強く、偽りとは思えなかった。「連絡がつかなかったの。誰一人、あなたに電話をつないでくれなかったのよ」

「努力が足りなかったんじゃないか」

「そうかもしれない」ルーシーは認めた。「でも、援助を求めていると思われたくもなかった。ひょっとしたら、あなたはあの夜を覚えていないかもしれなかったし。それに、あなたのためにこの先の人生を保留にしたくもなかった」自分はやすやすと手に入る存在ではなく、勝ち取らなければならない相手なのだとわからせるようにつけ加えた。

ずらりと並んだ制服姿の使用人が二人を迎えたとき、ルーシーはタージの隣で緊張していた。タージは別世界に放りこまれたルーシーに同情する一方で、彼を王ではなく一人の男として見ていた彼女に感心していた。だが、話したくないことがあるようなルーシーの態度は腹立たしい。そのせいで、なにか計画があるのではないかと僕は疑った。必ずその秘密は突きとめてやる。赤ん坊よりも重大といえば、どんなことがあるだろう？

運転手がドアを開け、タージは考えごとを中断した。出迎えの儀式が始まった。

7

一方通行の愛はつらかった。使用人にルーシーを紹介する王の堅苦しい態度に、彼女は寒気を覚えた。楽な道はなくても、タージへの気持ちはとめられなかった。彼のそばにいられるなら、関係が終わったという痛いほどの孤独だけでなく、愛するがゆえの非難や罪悪感や痛みも受け入れるつもりだった。

現実はそう簡単にはいかないけれど。ルーシーは使用人に笑みを返した。

最後に紹介された家政婦は、ルーシーをカララの王の美しい屋敷内へと案内した。その歓迎ぶりに、ルーシーは自分が逃げているのを忘れそうになった。タージは私の妊娠という驚くべき事実をじっくりと考えて、計画を立てたいだけなのに。

ルーシーは蔵書室に通された。本がずらりと並んだ広く美しいその部屋で、タージは待っていた。古い革のにおいと燃える暖炉の火が、一見くつろいだ雰囲気をかもし出している。ルーシーがソファの端に座り、家政婦が〝お茶をお持ちします〟と言ってドアから出ていくと、タージは即座に自分の考えを口にした。その姿はカフェで出会った愉快な男性ではなく、戦利品を要求するカララの王そのものだった。「君には会いたかった。二人にはまだ終わっていないことがある」

タージの視線に、ルーシーの体は焼きつくされそうだった。言いたいことは山ほどあったし、言うべきだった。なのに、彼女の口から出たのは〝ええ〟という一言のみだった。

タージが大股に部屋を横切り、あっという間にルーシーを立たせた。両手で彼女の顔を包み、目の奥をのぞきこむしぐさは、心の中の秘密を残らず知っているかのようだ。

二人を隔てるのは赤い服の薄い布地だけで、ルーシーの心臓がハチドリの羽ばたきのように打つのがタージの胸にも伝わってきた。

「緊張しているのか？」彼がやさしくきいた。「それとも、罪の意識を感じているのか？」

「どちらでもないわ」ルーシーはきっぱりと否定した。その気骨が、タージは好きだった。伏せたまつげが頬に三日月形の影を落とすせいで、ルーシーはいっそう美しく見えた。若く傷つきやすい彼女に対してはもっと分別を働かせるべきだったが、進む道を決めた以上、タージは迷わなかった。彼の花嫁候補は退屈なだけの、なんの魅力もない女性ばかりで、誰もルーシーは超えられなかった。だが、彼はつねにカラにとっていちばんの利益を考えてきたし、これからもそうするつもりだった。そして、政略結婚は王に期待されているものの一つだ。ふさわしい妻を見つけることは――。

「やめて」ルーシーがあえぎながら、口づけするタージを押しのけた。「まるでこの世の終わりのようなキスだわ。なぜ？」彼女の緑色の目は、本気で心配しているようだ。

　タージは正直に答えた。「君が僕を理性の崖っぷちへ追いつめているんだ」

「変ね」ルーシーは笑いもせずに言った。「私も同じことを考えていたの。だったら休戦しない？」

　いい考えだ、とタージは思った。初めて会った夜から、なに一つ変わらない。今も僕は彼女がほしいし、ルーシーも同じ気持ちでいるようだ。タージはルーシーに、今度はやさしくキスをした。彼女の顔を撫《な》でながら、生き生きとしたこの関係のほうが、交渉に基づいた政略結婚よりもはるかにすばらしいのを確信する。時間がたつにつれ、再会は楽しい出来事になりつつあった。二人は相性がよく、お互いに合っていた。

「私を誘惑しているの？」タージにようやく解放されて、ルーシーはきいた。「すごく上手だけれど」答える隙を与えずに続ける。

「君もまんざらではなさそうだな」

「たぶん、悪くないからでしょうね」ルーシーは低くセクシーな笑い声をたてた。「ただし、蔵書室でお茶を待っているようなときはだめ」タージがルーシーの耳のすぐ下をひげでこすると、彼女は喜びの悲鳴をあげた。

「だったら、あまり大きな声で叫ばないことだ」彼が言った。「ドアに鍵をかけてほしいか？」ルーシーのような愛人と従順な妻を比べたら、ルーシーが勝つに決まっている。花嫁さがしは後まわしにしよう。

　タージの腕に抱き寄せたルーシーは、胸が痛むほど彼が恋しかったのに気づいた。心が傷つくと、体と同じ本物の痛みを覚えるらしい。この痛みは癒やされるの？　それとも、タージとは二度と会わないほうがよかったの？　タージの答えはイエスに違いない。しかしイギリスを脱出しなくてはならないルーシーにとって、タージはいちばんの、おそらくは唯一のチャンスだった。だからどんなに会いたかったとしても、彼をだましているという罪悪感はぬぐえなかった。私がなにを言おうと、イギリスを出るために利用したと知ったら、タージは私をほかの女性たちと同じくらい強欲な女だと思うはずだ。

「カララには明朝、発《た》つ」タージがうっとりするようなキスをした。

「ずいぶん早いのね」

「そんなに心配そうな顔をしなくてもいい」

彼は唇を離し、ルーシーの顔をのぞきこんだ。

「君は正式な愛人という地位についてくる、あらゆる特権を楽しめるのだから」

二人の間にある溝の深さに、ルーシーは息をのんだ。その言葉が私をどんな気持ちにするか、タージは気づいていない。息をのむ音が聞こえなかったのか、彼は続けた。「愛人という響きが古臭いのは認める。だが、そうとしか言いようがなくてね」

冗談のつもりだとすれば、的はずれだった。

「本当は情婦と言いたいんでしょう？」

タージがたちまち顔色を変えた。「そんなふうに思われるのは心外だ」硬い口調で言い、距離を置けばすむというようにルーシーから離れた。

ほかにどう考えればいいの？　ルーシーが思ったとき、丁寧なノックの音がした。「お茶がきたわ」継父の手を逃れるチャンスをだいなしにする寸前だったことに気づいて、彼女は言った。今は母だけでなく、子供のことも考えなくては。それなら我慢しよう。

ルーシーは立ちあがって部屋を横切り、ドアを開けて、ほほえむ家政婦を中に入れた。トレイが置けるよう低いテーブルの上を片づけたときは、自分の演技力に驚きさえした。

「ありがとう。ちょうどほしいと思っていたの」注意をそらせるものなら、なんでも歓迎だった。たとえスコーンとジャムでも。

「それで、申し出に同意するか？」家政婦が出ていき、ドアが閉まったとたん、タージが尋ねた。

「あなたの愛人になることに？　なりたいとは言えないわ。あなたと一緒にカララへ行くのは、私がそうしたいからだもの」そして、そうしなければならないからだ。ルーシーは心の中で認めた。傷ついた、みじめな気持ちのまま、うわの空で続ける。「それに、面会権を決める話し合いもできるでしょう」

「面会権？」タージがかっとなった。「これはカララの王の子供の話だぞ」

うまくおさめなくては。この場をどう乗りきるかに、すべてがかかっている。「あなたと一緒に行くのは特権のためではなく、子供のためだからだわ」ルーシーは深呼吸をし、少しリラックスした。その言葉は真実だった。

「私だって、暮らしていけるくらいのお金は稼げるもの」

　タージはなにも言わず、デスクの上の書類に注意を向けた。「お茶はいらない」カップを彼の前に置いたルーシーに、そっけなく言う。「君は部屋に行ったほうがいい」

　子供のように私を追い払うの？　「出ていく前に、ここの住所を教えて。カララの住所も。みんなに知らせなくてはならないから」

「カララのだと？」タージが顔を上げた。「向かうのは宮殿に決まっているだろう」

「わかったわ」ルーシーは慎重に冷静さを保った。「でも、ただ〝人里離れた大きなお屋敷にいる〟と言うわけにもいかないでしょう？」

　タージがあまりにも長く黙っているので、無視する気なのだろうかとルーシーは思った。だとしたら、こたえる仕打ちだったけれども、王の都合で地方や宮殿へやられる商品も同じだと私を思っているなら、間違いだとわからせなくてはならない。

「タージ、私は――」彼が受話器を取り、カララ語で話しはじめるのを見て、ルーシーは愕然《がくぜん》とした。タクシーを呼んでもらって屋敷を出ていきたくなったものの、そうしたら赤ん坊と母親をどうやって守ればいい？

「住所だ」電話を終えたタージがそっけなく言った。「知りたかったんだろう？」紙になにやら走り書きする。「これで、必要なものはすべて与えたと思うが」

そう思っているなら、タージは本当に人が変わってしまったのだ。

「僕たちはコッツウォルズの屋敷にいて、君は無事だと言って安心させるんだな」タージはいらだたしげに吐き捨てた。

無事？　自分がその言葉の意味をわかっているのかどうか、ルーシーには疑わしかった。継父のことを知ったら、タージはどう思うかしら？　そのときも私は無事なの？　それとも犯罪者とのつながりを知られたら、子供と会うのを禁じられ、家に送り返される？　だとしたらどれほど危険が大きくても、前に進むしかない。電話をかけながら、ルーシーは心に決めた。

「僕の愛人になる決心はついたのか？」電話が終わったとき、タージがきいた。二人は張りつめた沈黙の中、家政婦がドアをノックするのを待っていた。

「気持ちは変わらないわ」ルーシーは断言した。目の前のよそよそしい人は、本当に私がキスをした男性なのかしら？　そして、ベッドであれほどの喜びを分かち合った男性なの？　初めて会ったときのタージはユーモアにあふれ、親しみやすく見えたのに、今は腹立たしくてたまらない。「私があなたに正式な愛人になれと言ったら、あなたはどう思うの?」

「悪くない、かな」タージは即答した。

「立場を逆にしましょう」ルーシーは言った。「私があなたに愛人になれと言うわ。ほしいのはベッドでのお楽しみだけで、お互いになにも期待しない。だから飽きたら、あなたを捨てる。別れるときは手切れ金を払うと言いたいところだけれど、無理でしょうね」

「ルーシー!」タージがいらだってどなった。「僕はそんなことは言っていない」

「でも、そう聞こえたわ」彼女は感情を爆発させた。「この時代に、あなたの提案がどれほどばかげているかわからないの?」タージの目がおもしろそうに光るのを見て、ルーシーは続けた。「いいえ、冗談で言ってるんじゃないわ。からかわないで、まじめに考えてほしいの」

受話器を取ったタージは家政婦に、ルーシーを迎えに来るのを三十分後にするよう告げた。「座ってくれ」電話を切って静かに言う。「君に伝えなくてはならないことがあるんだ。説明しなくてはならないことが」

「えっ?」気持ちを落ち着かせようと、ルーシーは何度か深呼吸をした。ここは話を聞いたほうがよさそうだ。

「君は僕を傲慢な男と思っているのだろうが、カララでは事情が違うのをわかってもらいたい。君が僕の子供を宿していても、なんらかの形で認知するには愛人という地位につけるしかないんだ」

「なんらかの形?」ルーシーは怒った。「それじゃあ、だめだわ。はっきり認知するか、しないかでないと。子供に関して、中途半端なことはさせないから」

「頼むから、最後まで聞いてくれ」

ルーシーはぶっきらぼうにうなずいた。

彼女の前の椅子に腰を下ろし、タージが説明した。「カララでは、王は憲法で定められた結婚しかできず、相手は王室審議会が決めるものなんだ」

「冗談でしょう!」ルーシーは信じられずに口を挟んだ。

「断じて冗談ではない」タージは相変わらず抑制のきいた口調で続けた。「王位についたときに、変えたいことはいろいろあった。だが真っ先にしなくてはならなかったのが、国民を飢えさせないために、国をもとに戻すことだった。おじは国をめちゃくちゃにしていたから、その使命が旧弊な憲法を変えるよりも、ずっと急務だったんだ。君にはその事実を理解してもらいたい」

言葉を切り、彼はさらに言った。

「憲法は王がいわゆる第二夫人を持つことを許可しているし、その子供を認知し、王族に迎え入れることも認めている。おそらく、審議会がお膳立てした結婚が必ずしもうまくいくとは限らないから、愛人やその子供を許す項目ができたんだろう」

「まあ」ルーシーはなんと言っていいかわからず、そうつぶやくしかなかった。

長いこと、二人は黙りこくっていた。タージがこれほど率直に語ってくれたなら、自分もそうするべきだとルーシーは思った。

「私にも、あなたと同じで告白しなければならないことがあるの」

見つめるタージは、どんな新たな爆弾発言がされるのかと思っているらしかった。だったらなにも隠さず、正直に告白したほうがいい。

「私は急いでイギリスを出なくてはならなかったの」ルーシーは打ち明けた。タージが表情を変えないので、彼女は震える息を吸い、残りの部分も話した。「二番目の父が犯罪者で、刑務所を出てきたから」

反応があるかと思ったのに、タージの表情からはなにもわからなかった。

「彼は大きな犯罪組織のボスで、母の人生を悲惨なものにしたの。そして今は、私を利用して母を脅そうとしている。母が彼を受け入れなければ、私を捕まえるつもりなのよ。それで母は、私に国外へ逃げろと言った。あなたとレストランで会ったのは、その電話を受けた直後だったの。あなたは絶好の逃げ道をくれたわけ」彼女は正直に言った。「私にはそういう事情があったの」タージがまだ黙っているので、ルーシーは続けた。「だから、あなたの助けが必要だった。あなたは子供が認知され、隠し子にならないように私を愛人にしたがっている。お互いに歩み寄ることができるなら、私は考えてもいいと思っているわ……」ルーシーは待った。「お願い、なにか言って」

タージが受話器を取った。「家政婦に言って、君を部屋へ案内させる。明日の朝一番に、カララに発てるようにしておけ」

8

タージが家政婦に指示を与えている間、ルーシーは二箇所の雇い主に電話した。二つ目の、ミス・フランシーンへの連絡はもっとも大事だった。ルーシーは彼女を心から大事に思っていたからだ。

屋敷の壮大な玄関ホールで年上の友人が受話器を取るのを待ちながら、ルーシーは眉間にしわを寄せて、今回の一件をどう伝えようかと考えた。暖炉で燃える薪《まき》がたてる音と、電話の呼び出し音を聞きつつ、タージについてあらためて思いをめぐらせる。この現代に愛人になれと言えるほど鈍感な男性が、いい父親になれるのかしら？

その先を考える暇はなかった。ミス・フランシーンが電話に出たので、ルーシーはすばやく考えをまとめた。自分がどこで、誰と一緒にいるかを説明したあと、カララの王に有名なサファイアの展示会に招かれたのだと告げる。ほぼ事実だったし、そのあとは興奮したミス・フランシーンが話しはじめた。

ミス・フランシーンはサファイア・シークの記事を読んだらしい。「カララへ行ってサファイア鉱山や展示会を見ることは、履歴書に書けるすばらしい経歴になるわ」ルーシーの専攻についてもまくしたて、さまざまな展示会での彼女の優秀な働きぶりも口にした。「好きなだけ行ってらっしゃい」年上の友人は熱心に勧めた。「こんなすばらしいチャンスを、逃す手はないわ」

そういう言い方もできるとは思ったけれども、ルーシーは事をややこしくしたくなかった。「すぐに戻れると思うから」彼女は愛情をこめて言い、電話を切った。

「そうすぐではないだろうな」

振り返ったルーシーは、背後にいるタージに気づいた。「話を聞いていたの？」

「君が僕の客である立場を利用しているのに

比べれば、大したことじゃない」

「どういうこと……。私がなにをしたというの？」ルーシーがきいた。

「僕がここにいないかのように話していただろう」

「だって、いなかったもの」彼女は反論した。

「それに、私を愛人にするために招いた人には言われたくないわ」

　あっという間に二人の空気は緊迫していた。しかし、あまりにも短い時間にいろいろあった以上、驚くことではなかった。

　タージとは違う関係になれたらいいのに。まばたきもせずに彼と見つめ合ったまま、ルーシーは思った。カララへ行けるのは最高に運がよかったけれど、実現した理由を考えるといやになった。こんな間違った駆け引きはしたくない。私がほしいのは誠実な関係だ。

　誠実な関係って、カララの王と私が？　夢でも見ているんじゃないの！

　そこへほほえみを浮かべた家政婦が迎えに来たので、ルーシーはほっとした。

「君の世話はミセス・ブラウンがしてくれる」タージの淡々とした口調は、ルーシーが屋敷を訪れるほかの客と変わらないというようだった。

　彼は私の妊娠をいつ発表するつもりなの？

「部屋の着替えの間には、服が用意されている」やはり感情を表さない口調で、タージが続けた。「身支度を整えたあと、また会おう」

　家政婦は二人の緊迫した空気にも気づかなかったようで、すでに廊下に出ていた。着替えの間に服があるとタージが言ったのは、なにもかも最初から計画していたからなのだ。だったら、愛人になることについて私がなにを言っても、彼の中ではもう決定事項だった。今回も主導権を握っているのはタージなのだと思うと、ルーシーの全身には冷たいものが走った。レストランで再会したときから、ずっとそうだったに違いない。

「一時間後に蔵書室へ戻るんだ」部屋を出るルーシーに、タージは言った。その厳しい口調もまた、カフェで出会った楽しくて屈託のない男性が、完全にいなくなった証拠だった。

「立ちどまってまわりに感心する方は、あなたが初めてではありませんよ」ルーシーの表情を誤解して、家政婦が言った。「それに、最後でもないでしょうね」励ますような笑みとともに、そうもつけ加えた。

「とても美しいところね」ルーシーは話題が変わったのがありがたかった。ステンドグラスの窓を見ながら階段を上がり、手すりやドアに施された精緻な彫刻を眺める。「一般公開されている大邸宅以外で、こんなものを見たのは初めて」

「陛下はお気に召したものしか置かれませんから」ミセス・ブラウンは先を歩いていった。

だったら、私はどこにあてはまるの？　ルーシーは思った。家具や絵画、一人ではもてあます空間、使用人の一団を見ていると、自分がよぶんのような気持ちになる。それでも、家政婦に従って歩きつづけた。

　額に入った写真の前で、ルーシーは足をとめた。写真のタージは粗末な木のベンチに座っていることから、サファイア鉱山で撮られたらしい。作業員に囲まれた彼はすっかりとけこんでいて、家にいるようにくつろぎ、土のついたジーンズと破れた服を着て、顔も泥で汚れていた。そして両手をいっぱいに伸ばして、両側の人々を抱き寄せていた。

　写真に写る全員が笑っているのを目にして、自分もタージとこんな単純な関係になりたいとルーシーは願った。写真の人々の間には温かい絆《きずな》がある。私も彼のそういう一面をもっと見られたらいいのに。

　そう思っている間にもミセス・ブラウンは先へ進んでいて、二人は広大で光に満ちた通路に出た。そこでも、額に入った一枚の写真の前でルーシーは足をとめた。写真に写っていたのはタージと友人のハリド王で、二人ともうれしそうに笑っている。それもそのはず、彼らは見たこともないほど大きなサファイアを、両手いっぱいに掲げていた。

「この写真はカララで撮られたものです」ルーシーが興味を示したのを見て、ミセス・ブラウンが言った。「陛下はご友人や祖国を思い出させるものが大好きなのです。カララへ行かれたことは？　とても美しい国ですよ」

　ここと同じくらい？　歴史を感じさせる工芸品を眺めて、ルーシーは思った。

「陛下は毎年、私たち使用人にカララで休暇を過ごさせてくれます」家政婦が続けた。「とても気前のいいお方なんですよ」

　けれど、私にはとてもよそよそしい。

　ルーシーが後悔していると、ミス・ブラウンが磨きあげられたマホガニーのドアの前で足をとめた。「国民があの方を愛するのも不思議ではありません」タージを崇拝する家政婦は言った。「カララに行けば、すてきな時間が過ごせますよ。それに、カララの人たちはあなたを愛するはずです」

「でも、私は――」

　遅かった。ミセス・ブラウンはすでに部屋に入ったあとで、残されたルーシーは身分の高い相手と勘違いされたのだろうかと思った。王の正式な愛人が、それほど公的な存在とは考えられないけれど。

　部屋に入ったすぐの控えの間の、小さいが贅沢《ぜいたく》な絨毯《じゅうたん》を見ただけで、とても快適な時間が過ごせそうなのはわかった。そこの壁に固定された金めっきと大理石が施されたテーブルの上には、別の写真が置かれていた。

　ミセス・ブラウンが、ルーシーの視線に気

づいてため息をついた。「陛下はあまりたくさん写真を飾るなとおっしゃるのですが、私はこのほうが家らしくなると思いまして」

「そうね」ルーシーは礼儀正しく言い、温かな笑顔をミセス・ブラウンに向けた。写真の中のタージに、家庭的なところはどこにもない。きらびやかに飾りたてた黒い雄馬にまたがって伝統的なローブに身を包み、ひらめく黒い頭飾りで一部顔が隠れているさまは、ミセス・ブラウンが言う気前のいい雇い主というよりは、情け容赦ない征服者に見えたからだ。とはいえ、雇い主に対する家政婦の意見は理解できた。

どこにいても、私はタージに気づくに違いない。彼の目も、ものごしも、揺るぎない姿勢も見間違えようがないからだ。そんな男性は子供の将来について話し合っても、歩み寄る気がないかもしれない。ルーシーは震えあがった。「このドアの向こうはなに？」悩みから気持ちをそらそうと、彼女はきいた。

「陛下のお部屋です」ミセス・ブラウンが説明した。「鍵をかけておきたければ、そうなさって結構ですし、開けておくほうがよろしければ、ご自由にどうぞ」

あいまいな言い方だ。「わかったわ」ルーシーは心からうなずいた。自分の世界からタージの世界に足を踏み入れても、二人の間のドアはしっかりと閉ざしておこう。

ミセス・ブラウンが出ていくと、ルーシーはまず汗を流し、着替えてから蔵書室へ行くことにした。服を脱ぎ、バスローブに身を包んで、着替えの間を見る前にシャワーを浴びる準備をする。彼女は部屋のすべてを気に入っていた。特に、湖の眺めは最高だ。

ここはイギリスでいちばん美しく、すばらしい屋敷に違いない。ピンクの大理石のバスルームで、ルーシーはバスローブを脱いだ。しばらく感心したあと、ラグビーチームが全員でもやすやす入れそうなほど広いシャワー室に行き、温かく心地よい湯の下に足を踏み出す。肩にのしかかっていた緊張がほどけていくのは至上の喜びだった。ルーシーは幸せな気持ちになり、レストランでタージと衝撃的な再会を果たしてから初めてリラックスした。目を閉じて顔を上げ、温かく爽快なしぶきを受けとめる。すると、そこへ足音が聞こえてきた。

「タージ！」ルーシーが振り返ったときには、彼は湯気の立つシャワー室の中にいた。彼女と同じで、やはり一糸まとわぬ姿になっている。「厚かましいんだから」心臓が口から飛び出しそうな気分で、ルーシーは叫んだ。

「そうだとも」タージが認めた。

驚きに突き動かされたように、ルーシーはタージの胸を手で押した。その体は岩のように硬く、揺るぎなかった。熱い湯に濡《ぬ》れたたくましいタージにはどんなに固い決意もかなわず、彼女は本能に体を支配されるのを感じた。そのうち怒りが情熱に、情熱が欲望へと変化する。

あまりにも長く離れていたせいで、ルーシーはタージが恋しくてたまらなかった。二人が分かち合った時間は一秒も忘れていない。タージが彼女を引き寄せ、たくましい体にしっかりと押しつけてキスをすると、ルーシーもキスを返した。ほしくないふりをしても意味はなかった。巧みな手にヒップをつかまれ、タージに寄り添っていては、一つのことしか考えられない。けれども形ばかりの抵抗で、体を触れ合わせるのは楽しかった。

ルーシーがほしくて、タージの欲望には火がついていた。腕の中にいる彼女は最高で、あらゆる曲線が僕のために作られている気がする。僕のほうが大きいのにぴったりと合っていて、あらゆる点でふさわしいのだ。

今、タージの注意はルーシーの胸に向いていて、愛撫《あいぶ》すると、その頂が自然にとがった。ルーシーの体はすっかり熱くなっていて、タージは彼女の野の花のような香りに酔いしれた。ルーシーのヒップをとらえて一つになろうとする間、彼女は生死がかかっているかのようにタージの腕をつかんでいた。

ルーシーを自分のものにしたいという欲望は一秒ごとに強くなる一方で、タージは彼女に尽くすという新しい経験も楽しみたかった。つのる興奮に苦しくなり、この前ベッドをともにしたことを思い出しても効果はなかった。自分がどれほど大きく、ルーシーがどれほどきつく締めつけたか、彼女の中へ深く入るのがどれほどすばらしかったかを再確認しただけだったからだ。それでも、ルーシーを傷つけないために時間をかけなくてはならないことは思い出した。

そんな気づかいにも、ルーシーの熱意は変わらなかった。「だめ、手を離さないで。触れていてほしいの。恋人なら、私が望むようにして。一言一句、言うとおりに」

その指示には難なく従えた。ルーシーの望むままに刺激し、反応を見て、タージは小さく笑った。「仰せのままに」そう言ってルーシーを壁に押しつけると、脚をからめる彼女を持ちあげて、滝のように流れるシャワーの中でほしいものを与えた。

常識をくつがえすものはつねに存在するし、プライドもくつがえることはある。タージに理性を失う一歩手前まで追いつめられながら、ルーシーは思った。今、私が経験しているのはその一つだわ。

声をあげて最初の至福に達したとき、彼女はこれが――タージが心の底からほしかったのに気づいた。彼がいなければ、まともに考えることもできない気がする。長い時間をかけて恍惚《こうこつ》からさめたとき、ルーシーはもうろうとした意識の中で、タージがまだキスをし、動きつづけているのを感じた。その姿は、彼女をさらなる喜びに目覚めさせたがっているようだった。

「どうだった？」タージが皮肉っぽく尋ねた。「僕は合格かな？」

「まだ決められないわ」ルーシーは嘘《うそ》をつき、タージの胸に顔をうずめてほほえんだ。彼に抱きしめられているととても安心でき、動きたくなくなる。終わりにはしたくないけれど、こういう時間はいつかは終わるし、終わらせなくてはならない。なぜならタージはカララの王で、私は自立した女性だからだ。自分の人生があるのに、やがては燃えつきる情熱のためにすべてを放り出すつもりはない。タージの愛人になるのは一時的でも、母親になるのは一生の仕事だ。二人が一緒になる運命にあると考えるのはとても簡単だけれど、自由と自立だけは守らなくては。現実は厳しいのだから。

タージが彼女の首筋に鼻を押しつけ、同じことを最初から繰り返そうとしたとき、ルーシーはささやいた。「だめ」タージが前へ進むなら、私もそうしなければ。

「カララに着くまではか？」いつもの皮肉っぽい口調で、タージがきいた。ルーシーが我慢できるのか、疑っているようだ。「体力を温存しておきたいんだな」

「あなたの国へ行くのは楽しみだわ」ルーシーは心から言った。「でも、一つ条件があるの」

タージがさっと眉を上げた。「それは？」

「私があなたの正式な愛人になることを、公表しないでほしいの」

タージは顔を曇らせた。これまでカララの王に指図した者はいないのだろう。「君は逃げなくてはならないんだろう？」

「ええ」ルーシーは即座にうなずいた。「だとしても、あなたは引き換えに私を囲われ者にするような人ではないでしょう？　私には私の人生があるの、タージ。あなたのように

――タージ、やめて！」彼はまたしても、ルーシーを自分のものにしようとしていた。

「イエスと言うんだ」静かな、かすれた声が聞こえたとき、ルーシーの理性は後戻りのできないところまできていた。

「本気で考えてほしいのに」彼女はあえぎ、やっとのことで言った。

「ああ、本気だとも」タージはそう言い、誰にも文句のつけようがない手管を使って二人の欲求を満足させた。

9

タージを愛するように誰かを愛したら、冷静でいるのはむずかしい。キスをし、触れ合いながら、ルーシーは思った。喜びの旅へいざなわれる間も、彼女はタージの腕の中で安心していた。

頭は真っ白なのに、タージがささやく母国語を聞くたびに興奮だけが高まっていく。彼がカララの王に戻り、自分がシングルマザーに戻ればすべてが終わるけれども、そのときに味わうに違いない感情さえ、今はどうでもよかった。

「まだものたりないか？」興奮した呼吸を整えるルーシーに、タージがささやいた。「それなら、好きなだけ僕を利用するといい」

「もう体力がないわ。すっかりあなたに奪われて」

「信じられないな」

意地の悪い喜びを浮かべたタージの表情が魅惑的で、ルーシーはふたたび彼に手を伸ばした。「あなたには公務があるでしょう」

「これが正式な恋人としての、僕の義務なんだ」彼が冷静に言った。

「あなたが自分の義務を理解していてうれし

いわ」ルーシーはもっとタージがほしくてたまらなくなっていた。タージが彼女の中で高まる興奮を見逃さずに愛撫《あいぶ》を続けると、ルーシーは彼を励ますようにうめいた。すると、たちまち彼女は至福の一歩手前まで導かれ、これ以上ない歓喜の中に放り出された。「お願い」ルーシーは哀願した。

「だめだ」タージはにべもなく拒んだ。「君に指示されたことを思い出したんでね」

ルーシーの手が触れ、タージが歯の間から鋭く息を吐いた。ふたたび彼女を壁に押しつけ、膝の間に体を入れて、自分のものにする。

「ええ、そうよ！　お願い《プリーズ》！」ルーシーはかすれた叫び声をあげた。

「喜ばせるとも《プリーズ》」タージはそう言うと、力強い一定のリズムを繰り返し、ルーシーにきつく締めつけられる感触を堪能した。

「すてきだわ」彼と一緒になって激しく動き、ルーシーは思いきり笑った。

タージはルーシーを限界まで連れていき、一度だけでなく、何度も喜びの頂点へ導いた。ついにルーシーが静かになり、彼の腕の中でぐったりする。温められてふんわりしたタオルで包んだルーシーを、タージはベッドへ連れていってもう一度体を重ねた。

ようやくルーシーがわれに返ったのは、外が暗くなってからだった。そのときにはくたくたで、子猫のように満足していた。

起きなさい！　私は子猫じゃない。タージへの思いをつのらせるのは無謀だ。未来に確実なものがなにもないのに、身も心も捧《ささ》げたら、さらなる災いを招いてしまう。

　タージが身じろぎし、ルーシーのほうを向いた。彼女はかかえた膝の上に顎をのせて思案していた。「僕とカララへ来ることを、考え直しているのか？」彼はきいた。「もしそうなら、考え直させてやる」

　繰り返しても害はないわ。体がそう訴えるせいで、ルーシーの分別は役に立たなかった。

　次に目を覚ましたときには太陽の光が部屋に差しこみ、ベッドの隣には誰もいなかった。枕に顔をうずめたルーシーは、満ち足りたため息をつき、タージの温かく清潔な男性らしい香りを吸いこんだ。きっとシャワーを浴びているんだわ。起きあがってバスローブを手にし、ルーシーは彼をさがしに行った。

　二人の部屋をつなぐドアは開いていて、大理石のタイルに湯が落ちる音がする。タージのようにシャワーのじゃまをするよりも、出発の準備をしたほうがいいと思い、彼女は後ろへ下がった。彼のところへ行けば、いつまでも準備ができなくなってしまう。

　贅沢《ぜいたく》な内装の着替えの間には高級ブランド品しかなく、またしてもルーシーは居心地の悪い思いに襲われた。それでも、なにか着るものは見つけなくてはいけない。ズボンとシヤツ、セーターというシンプルな服装に決めると、ルーシーはこれまではいたこともないほどやわらかな革のモカシンに足を入れた。サイズはぴったりで、ほかも申し分ない。きっと私の体をはかったのはタージで、買いものに行った人物も、私と同じ控えめな趣味の持ち主だったのだ。

　しかし高級なランジェリーだけは例外で、最高品質のシルクとレースは気の置けない客よりもいかにも王の愛人が身につけそうだった。ルーシーは繊細な下着を持ちあげ、光に透かした。美しく贅沢ではあるけれど、この品もまた私がタージのものだと表しているように思える。カララでは、彼の支配力はどれほど強くなるのかしら？　早くタージと対等に戻れる方法を見つけよう。

「おはよう」光に満ちた部屋にルーシーが行ったとき、タージが顔を上げた。彼を見て、ルーシーは心臓が引っくり返りそうになった。

「おはよう」冷静さを保ちながら答えたものの、タージの情熱的なまなざしに声はかすれ、また彼がほしくなった。

「コーヒーをいれようか？」タージが礼儀正しくきいた。

「うれしいわ。ありがとう」

　朝食用の部屋で、ルーシーは床から天井まである窓の前でしばらく立ちどまり、優美な庭を眺めた。部屋の内装は外の景色に合わせて、繊細にしつらえられていた。庭の向こうには皿のように凪《な》いだ湖があり、白鳥が白い艦隊のように堂々と泳いでいる。

周囲で働いていた使用人がダイニングテーブルの椅子を引き、ルーシーは窓から視線を離した。椅子に腰を下ろしながら、現実離れした光景を噛《か》みしめる。無理もないわ。普段はクリーニング店の二階に住んでいて、朝食はシリアルをインスタントコーヒーで慌てて流しこんでいるんだもの。いつものユーモアを発揮して、ルーシーは思った。

それに、ここにはタージがいる。

並はずれて男らしい体格と浅黒い肌を見れば、タージもルーシーと同じくらい、こうした洗練された場所には不釣り合いに見えた。ただし、彼は砂漠の国の王だ。

「寝坊は許そう」タージが言ったとき、使用人が数えきれないほどの料理をルーシーのために運んできた。「だが、飛行機の時間は変えられないぞ」二人きりになってから、彼は続けた。「朝食を終えたら、すぐに出発だ」

急いでかきこまなくてはならないの？

「あと三十分だな」タージは言った。

いよいよ、そのときがきた。カララへ行く前に、ルーシーは行かなければならない理由を残らず思い出した。それでも、一難去ってまた一難という思いはぬぐいきれなかった。

「僕たちが話をしている間に、君の服は荷造りされている」タージは説明した。「だから、慌てて食べることはない」

「でも――」

だが、タージは部屋を出ていった。

ふたたび椅子に腰を下ろし、ルーシーは新たな選択肢がないか考えたけれど、一つも見つからなかった。ミス・フランシーンが言ったいい経歴になることを除いても、はるかに重要な理由からタージの祖国へは行く必要があった。

カララはわが子が受け継ぐもう一つの祖国であり、ルーシーにはその国について教える義務があった。なによりタージと一緒にいて、彼の目を通して愛する国を見れば、カララと愛する男性のことがいちばんよくわかる気がする。タージが祖国を案内してくれるかどうかは、そのときの彼がカララの王なのか、カフェで出会った男性なのかによるだろうけれど。

プライベートジェットの操縦をしていたせいで、タージはルーシーと話ができなかった。彼女をほしい気持ちは、言葉で表せないほどだった。とはいえルーシーの過去と家庭環境を知ったあとでは、彼女が心を開いているのかどうかわからなかった。いや、ルーシーは誰にも完全には心を開いていないだろう。

それにしてもルーシーがいると、なぜ僕は

ほかのことを考えられないんだ？　これまで自分の判断力には確固たる自信があったのに、ルーシーの前では形なしで、頑固な彼女に怒り、いらだってしまう。

　離れている間は、毎日のようにルーシーがいないことに苦しんでいた。だが操縦席の後ろにある快適な場所に座らせていても、彼女を少しも身近には感じなかった。

　タージは早くルーシーにカララを見せたかった。そうすれば、僕が祖国をどれほど愛しているかがわかるはずだ。砂漠で居心地よくいられれば、彼女も王の愛人という立場を受け入れるのでは？　カララの王室審議会が愛人以上の地位は許さなくても、ルーシーと子供をむざむざ手放す気はない。

　ルーシーほど愛人にうってつけの女性はいない。ぞっとする笑みを浮かべ、タージは副操縦士と操縦を交代する準備をした。だが、彼女はまだ納得していない。「代わってくれるか？」彼は副操縦士に言った。

　カララまではかなりかかるので、カララの王の正式な愛人には妻と同じだけの自由と特権が与えられることについて、ルーシーに詳しく説明するチャンスだった。不気味な笑みを浮かべたタージは、その説得が大変な試練になるのを覚悟した。

「タージ……」近づいてきた彼に、ルーシーがほほえんだ。会えて喜んでいるかのようだ。

今朝、あれほど彼女にぶっきらぼうに接したことを考えて、タージは驚いた。なにか目的があるのか？

「すまなかった。今朝はカララ行きの計画を立てるのに忙しかったんだ」

「そうだったの」ルーシーはかすかな笑みを浮かべ、ものやわらかに言った。

　朝食用の部屋にあれ以上長くいたら、僕は使用人も無視して、テーブルの上で彼女を自分のものにしていた。そして、出発は限りなく遅れていたに違いない。

「飛行機はあなたが飛ばしていると思っていたわ」隣に腰を下ろしたタージに、ルーシーは言った。

「これは自力で飛んでいるんだ。それに、機内には技術者と副操縦士も乗っている」

「緊急事態が起こったらどうするの？」ルーシーが挑発するように顎を上げた。

「副操縦士はきわめて腕がいい男だから大丈夫だ」

「あなたが操縦してくれるほうがいいわ」

「本当か？」タージは暗い笑みを浮かべた。「君が急に意見を変えたのを、僕は喜んでいいのかな？」

「あなたがそうしたくてたまらないならね」

　タージの望みどおり、二人はからかい合える仲に戻っていた。良好な関係でいられるなら、そのほうがずっとよかった。

「顔をしかめるのはやめるんだ。副操縦士は、ちゃんと正しいコースを飛んでくれる」

「私たちも、もとのコースに戻れる？」ルーシーがすぐさまきいた。

「そうするか？」会話で時間を無駄にせず、タージは飛行機の後方を顎で指した。

一瞬、彼を見てから、ルーシーが席を立つ。

「後ろに続き部屋がある」尾翼のほうへ案内しながら、タージは言った。

「そうだと思った」ルーシーはおもしろがるようにつぶやいた。

「それに専用の書斎と、なかなか居心地のいいベッドルーム、居間、映写室もある。君の好きなところでいいぞ」

「書斎は？」ルーシーが言った。

「まじめな話がしたいのか？」

「ええ」彼女はきっぱりとうなずいた。

タージはドアを開け、くつろいだ雰囲気の、とても居心地のよさそうな空間へ入った。

「ここが書斎？」

彼はデスクを指した。「公務だけでなく、息抜きもここでできる。座ってくれ」

ルーシーはタージに言いたいことがたくさんあった。二人の間の溝をうめられたことはほっとするべきだったけれども、継父について知らせておかなければならないことを思い出すと手が震えた。

「そんなにひどかったのか」タージがデスク

に腰をかけてつぶやいた。

「あなたにはわからないわ」いつものように心を見透かされて、ルーシーは言った。

「少しはわかるよ」

タージに促され、ルーシーはすべてを――暴力と恐怖、継父の急な出所が母を危険にさらしていることを話した。

「お母さんは今、保護施設にいる」タージが静かに告げた。

「どうしてわかるの？」彼女は驚いてきいた。

「彼女には護衛もついているから、害が及ぶことはない。約束する」

ルーシーがその意味を把握する間、張りつめた沈黙が流れた。やがて彼女は小声で言った。「あなたの護衛が母を守っているのね」

「君の話を聞いて、僕がなにもせずにいたとは思っていないだろう？　お母さんは無事に家に帰す。裁判所命令を破って彼女の夫が近づき、脅して、刑務所に戻ったと確認できたらすぐにでも」

事態を理解しようとルーシーは唇を動かしたけれど、言葉は出てこなかった。ようやく口を開く。「なんて言ったらいいのか、わからないわ」

「なにも言わなくていい。ごろつきは片づけなくてはならないし、幸い、僕にはそうするだけの財力がある」

「ありがとう」そんな言葉では、ルーシーは足りない気がした。見返りも期待せず、タージは母の命を救ってくれた。

「礼はいらない」タージの口調は淡々としていた。「それに、今では君も安全だ」

そして、私はタージに大きな借りができた。ルーシーは思った。その人を私は愛し、理解しはじめている。タージの頭は厳格に区切られ、いちばん大きな部分が祖国と国民への義務に捧げられ、次に大きな部分は正義に捧げられているのだ。だから、決してカララの憲法は破らない。

それでも、ルーシーの中では自立したいという思いと同じくらい、タージへの感謝も大きかった。考える時間と場所がほしくなり、彼女は立ちあがった。

「座るんだ」タージが命じた。

「立っていたいの。あなたさえよければ」

「僕がよくなくても、君は立っているんじゃないのか」彼は冷静に言った。

タージはそびえるように背が高く、力強い魅力にあふれていて、スケッチブックがあればよかったのにとルーシーは思った。ルーシー・ギリンガムがカララの王と向き合っている瞬間を、絵に描いて残しておきたかった。

「君はとても苦労したんだな」彼が言った。

「そういう人はおおぜいいるわ」顎を上げ、ルーシーはタージを見た。「双方の事情を知ったから、子供の将来を話し合うのが楽になったわね」

タージは答えなかった。しかし逃げ場のないこの場所は、話し合いをするにはちょうどよかった。

ルーシーは続けた。「あと数カ月もすれば私たちは親になり、新しい命に責任を持つことになる。私はわくわくしているわ。あなたもそうだといいんだけれど」

「僕が父親になることをどう思っているか、知りたいのか？」タージは真意のはかれない口調で尋ねた。「天にものぼる心地だとでも言ってほしいのか？」

今話しているのはカラの王なの、それともタージなの？　心が乱れるあまり、ルーシーには判断がつかなかった。わかっているのは、二人が答えのない袋小路に入りこみ、出口が見つからずにいることだけだ。

でも、変わらないことが一つだけある。ルーシーはおなかを守るように手をあてた。私はタージを愛しているし、これから先も愛する。それでも、自分たちがほかの恋人たちのように、赤ん坊という最大の喜びを平等に分かち合えないと思うと、心が痛くなった。

10

父親になると考えると天にものぼる心地だったが、タージには大切なものを守るために決めなくてはならないことが山ほどあった。ルーシーの表情が傷ついているのは、僕になにを期待していいかわからないせいだろうが、たぶんそれでいいのだ。考えなくてはならない事実や結果はまだまだ残っている。昔と違い、今は王に隠し子がいることはありえない。タージ自身はその変化をいいことだと思っていたうえ、すでにある考えを頭の中でめぐらしていた。

タージは事実を言った。「長旅になるから、君は機内のベッドルームを使うといい」

その言葉は命令なの？　それとも誘い？　ルーシーは立ちあがった。「カラでは宮殿で暮らすと言ったわね？　それはどこの？　あなたがたくさん宮殿を持っているとは知らなかったから、ミス・フランシーンにどこにいるかを知らせて安心させたいの」

タージは肩をすくめた。「砂漠の砦《とりで》に向かう。そこは牢獄《ろうごく》じゃない」ルーシーが顔をしかめたのを見て、彼はつけ加えた。「歴史的に重要な建物を修復し改装し、もっとも贅沢《ぜいたく》で設備の整った住まいにしている。世界じゅうの建築家と歴史家も僕と同意見らしく、狼の砦《ウルフ・フォート》は最近、現代と古代の両方の観点から評価された。あそこに滞在するといつも気分が一新されるから、君もそうなると請け合うよ。君の子供が受け継ぐものを知りながら、休息を取るといい」

「私たちの子供だわ」ルーシーは言った。「すばらしい話だけれど、今はよければ少し横になりたいの……。寝室に案内してくれる親切な人がいればね」

私は精神的に疲れはて、感情的に消耗している。連絡するタージを見て、ルーシーは思った。けれども、少なくとも真実はすべて明らかになった。

「乗務員が君を案内する」タージは冷たく言った。「着陸前に起こそう」

タージのプライベートジェットのベッドルームは狭かったが、設備は行き届いていた。そして、ベッドは最高に寝心地がよかった。糊《のり》のきいた白いシーツの上に横になり、安堵《あんど》のため息をついて、ルーシーは思った。しかしなかなか眠れず、何度も寝返りを打ちながら、タージにどう思われたかを悩んだ。

ようやく眠りに落ちたときも、額には不安のしわが刻まれていた。それでも彼女はぐっすりと眠り、約束のノックの音がするまで目を覚まさなかった。

　急いでシャワーを浴び、バスタオルを巻いて出ると、ベッドには清潔な服が置いてあった。搭乗したときとほとんど同じ服だ。誰がこんなことをしてくれたの？　服に指をすべらせて、ルーシーは思った。そろそろ億万長者の生活というものを、私も理解しなくては。その生活ではたくさんの人が、どんな希望でもかなえてくれる。エンジン音から機体は着陸準備に入っているようで、彼女は肩をすくめて服を着た。

　ベッドルームを出ても、タージの姿はどこにもなかった。きっと操縦席で飛行機を着陸させているのだ。席についたルーシーは、彼の手の中にいるような安心感を覚えた。

　窓の外ではピンクと藍色と金色の美しい光に照らされて、このうえなく美しいカララの眺めが歓迎するように広がっていた。飛行機が最終進入態勢となり、何キロにもわたって起伏する砂漠の、たった一箇所しかない滑走路へ近づいた。車輪が着地したとき、地上は夜明けの紫色の光に包まれていたが、不気味で寂しい風景のはるか向こうにはたくさんの人々が集まっていた。

　滑走路に沿ってかがり火を焚《た》き、人々は早くもタージの帰りを祝っていた。誰もが家族総出で出迎えているようだ。馬上で伝統的なローブに身を包み、たいまつを振っている人もいる。カララの王が帰ってきたからだ。

「降りる用意はできているか？」

　振り返ったルーシーは通路に立つタージを見て、一瞬言葉を失った。そこにいたのは平凡な服を着たパイロットではなく、金色の縁取りがある伝統的な黒のローブをまとい、流れるような黒の頭飾りをつけた男性だった。彼からにじみ出る危険でエキゾチックな雰囲気は、郊外の屋敷にあった写真以上だった。

「ルーシー？」すぐに動こうとしない彼女に、タージが促した。「国民が待っている」

　急ぎたくないと意地を張りたかったものの、数えきれないほどの人々が長いこと君主を待っているのを思い出し、ルーシーは急いだ。外に出ると、香辛料の香りがする熱い風と、飛行機の燃料の鼻をつくにおいに包まれた。

「あなたが先に行かなくていいの？」タージに先に行くよう言われ、ルーシーはきいた。

　乗務員が丁寧に、王は最後に飛行機を降りるのだと説明した。ルーシーは奇妙に思ったけれど、到着したばかりで誰かの機嫌を損ねたくはなかった。

　足を踏み出したとたん、ルーシーは飛行機のタラップのいちばん上に向けられた光で目がくらんだ。彼女は舞台のスターが登場する前の、端役も同じだった。カララの王が飛行機の出入口から姿を現したとき、歓声は耳をつんざくほどになったからだ。光の中に出てくる彼に向かって、何度も名前が繰り返される。その声に圧倒されたルーシーは、目の前の男性が子供の父親なのだとあらためて悟った。

　タラップを下り、正式な出迎えを受けたあと、タージは車列のいちばん前にとまっている流線型の黒いSUV車へ向かった。滑走路をついてくる人々全員が、ウルフ・フォートへ向かうのかしら？　ルーシーは思った。

　自分が乗る車はどれなのだろうと考えているうちにタージの車は走り去り、ルーシーはひどく心細くなった。どこへ行こうとしているのかもわからず、まわりには見知らぬ人々しかいない。突風で砂が目に入ると、非現実的な感覚はさらに増した。ほかの人たちは頭飾りで砂を防いでいるようだ。このときばかりは、黒のスーツのジャケットを怪しげにふくらませた、隙のない護衛によって別のSUV車へ案内されても、ルーシーは怖いと思わなかった。

　タージが心配はいらないと声をかけ、説明してくれればよかったのに。

　三カ月前、彼も私に同じことを思ったの？

　車は暗がりの中を長時間走った。高速道路を進むこともあれば、でこぼこ道を進むこともあったが、突然遠くに明かりが見え、印象的な建物が幻のように現れた。まばゆく照らされた砦は、少しも不気味には見えなかった。王の帰還を祝って建物には旗がひらめき、花火が空を彩っている。

ルーシーの不安はたちまち大きな好奇心に変わり、車が速度を落としてとまると、公式な歓迎団が砦の階段でタージを迎えるのを見つめた。誰もが流れるようなカララのローブを身につけ、広大な中庭から堂々たる石造りの玄関までは儀仗《ぎじょう》兵がずらりと並んでいた。

タージが古代の建物の中に消えてルーシーががっかりしていると、年配の男性が彼女の前に進み出てアブドラと名乗った。彼はルーシーの手を取ってお辞儀をし、温かく丁寧に迎えた。「カララへようこそ。旅は快適でしたか？　部屋でひと息ついたら、召しあがりたいものをうかがい、滞在中のあなたの予定をお伝えします」

「私の予定？」ルーシーはきいた。

「明日の朝向かうサファイア鉱山へ、陛下はあなたにも同行してほしがっています」

どうしてタージは言わなかったの？「サファイア鉱山？」中庭の石畳に足音を響かせ、ルーシーは尋ねた。「そこは遠いの？」

「車で一日もかかりません」アブドラは穏やかな、安心させるような笑顔で言った。それからもう一度、丁寧にお辞儀をし、ルーシーを砦に案内した。

タージは忙しいのだ。ルーシーは自分を納得させた。彼は帰国したばかりなんだから、辛抱しなくては。でも、どうして私に鉱山を見せようとするの？

ルーシーは周囲の眺めに目を奪われた。歴史的な砦は息をのむほどすばらしく、趣があって、新旧の完璧な融合を表現するにはスケッチ一枚では足りなかった。そびえたつ外観に対し、内側には現代的な贅《ぜい》が尽くされ、彼女の部屋にはエレベーターまであった。

おもしろいことに、その部屋は小さな塔の中にあった。これから何日過ごすのかわからないけれど、ここが私の部屋なら、夢のような滞在になりそうだ。ルーシーはまわりを眺めて思った。それに、ここなら継父に見つかる心配もない。

「気に入りましたか？」シルクのタペストリーや宝石のような色の敷物、金箔《きんぱく》を張った鏡などの魅惑的な品々にルーシーが見入っていると、アブドラが尋ねた。

「すてきだわ」ルーシーは熱心に言った。

「ここに滞在させてくれる陛下にお礼を伝えて。それに、私のためにこんな気配りをしてくれた人たちにも」彼女は色とりどりのエキゾチックな花や、おいしそうな果物が盛られた皿、搾りたてのジュースが入った水差しを見た。ごつごつした石の壁をくり抜くように造られた部屋の雰囲気は、色鮮やかで趣味のいい装飾でやわらげられている。窓の外に見える銃眼つきの胸壁には、王の帰還を祝ってたくさんの旗が立っていた。

「あなたの予定です、ミス・ギリンガム」

ルーシーが振り返ると、アブドラが壁に固定された金箔張りのテーブルに紙を置いていた。「それから、夕食のメニューです」そう言って、最初の紙の上にもう一枚紙を置く。「といっても、厨房《ちゅうぼう》の者はあなたが召しあがりたいものを、いつでも好きなときに用意します」砦の快適さをルーシーに伝えるのがうれしいかのように、彼は笑った。

「チキンのトルティーヤ包みは？」笑みを返した彼女は、すでに口の中に唾がわいていた。妊娠中は、ひどく不適当なときに空腹を覚えることがあった。

「大盛りのフライドポテトもいかがですか？」アブドラがにっこりした。

「最高だわ」ルーシーはうれしくなり、カララに来てから初めてリラックスした。「待って」背を向けた彼に言う。「陛下への直通電話はあるのかしら？」このままなにもせず、運命とカラの王の手の中で暮らすのはうんざりだ。

「陛下に教わりませんでしたか？」

タージが教えなかったと正直に答えれば、朝までこの塔で待つことになるかもしれない。

「教えるはずだったとは思うの」ルーシーは言った。「でも、ここへ来るまでいろいろ慌ただしくて……」

「そうでしょうとも」アブドラは流れるよう

なしぐさでローブのポケットからペンを出し、予定表のいちばん上にタージの直通電話番号を書いた。

ドアが閉まったか閉まらないかのうちに、ルーシーはその紙に飛びついた。電話番号の下に書かれている内容にざっと目を通すと、夜明けにはヘリコプターでサファイア鉱山へ行く準備をしなくてはならないようだ。その前にタージと話し合わなければ。

タージが赤ん坊について本当はどう思っているかがわからず、ルーシーは不安だった。しかし電話をかけても呼び出し音が鳴るばかりで、その後、三度試しても彼が出ることはなかった。タージは忙しいのよ。彼女は強く自分に言い聞かせた。

不安なのは妊娠しているせいだわ。ルーシーは部屋を行き来しながらそう結論づけたけれど、最後にもう一度電話したいという気持ちには逆らえなかった。

やっぱりタージとは話せず、ルーシーは電話をベッドに放り、夕食を頼もうと思った。お風呂に入って、睡眠をとろう。明日は早いし、鉱山へ行くまでに話し合う時間はたっぷりある。そう自分を納得させたとき、タージと一緒に移動することはないかもしれないという考えが、彼女の頭をよぎった。

11

ヘリコプターでの移動は、思ったより楽しかった。しかしルーシーが、地面が遠くなるさまを見慣れるには少し時間がかかった。タージが操縦しているので怖くはなかったけれど。

タージは冷静そのものだった。タージ個人の紋章である、牙をむき出しにした金色の狼《おおかみ》を胴体に描いた黒いヘリコプターが大地を離れる間、ルーシーは思っていた。彼ほど集中力があり、セクシーで、自信に満ちていて、完璧な自制心を持っている人がほかにいるかしら？

タージの心が読めないのが残念だ。離れていた三カ月のうちに二人は変わり、あれほど楽しくてとても親しみやすかった彼が、今は強大な国の非情な統治者にしか見えない。

一方、私は子供を産もうとしていて、どんな犠牲を払っても赤ん坊のためになることをしようと、これまで以上に頑固になっている。ルーシーはカフェで出会った、セクシーで冗談が好きなタージが恋しかった。もしそんな彼と生きていけたらどうなっていたのか、考えずにはいられなかった。

「大丈夫か？」ヘッドホン越しに聞こえたタージの声は、無機質で人間味がなかった。

「平気よ」ルーシーは言い返した。

紋章は牙をむき出しにした狼かもしれないが、タージはカララと国民を深く気づかっている。ルーシーはそう自分に言い聞かせた。カララの王にとって目新しい存在にすぎず、子供が生まれればお払い箱になるとしても、私が彼を恐れる理由はなにもないはずだ。タージは継父のような悪魔とは違うから、その富と権力のせいで私が苦しむことはない。

「暖かくなったか？」タージがきいた。

私を思いやっているの？　それともただの礼儀？「とても快適だわ」正直に答えたルーシーは、これから始まる冒険が楽しみだった。

二人はまた無言になり、やがて焦げ茶色の低木地が金色の絨毯《じゅうたん》のような砂漠に変わった。サファイアの採掘場所は山間にある丘で、ルーシーが近いのかと尋ねると、タージはうなずいた。

「君のために考えた計画があるんだ」驚いたことに、彼はそうもつけ加えた。

「計画？」ルーシーはタージの視線を追い、眼下のごつごつとした地面を見た。それから、問いかけるような視線を操縦席に投げかけた。

「君の大学の最終評価はすばらしかった」声

は明らかに愉快そうだった。

「そう？」ルーシーは眉をひそめた。

「ビジネスと楽しみを組み合わせて、君に思いがけない贈りものをするよ」

　どういう意味なの？

「君の二番目の父親のしたことを知って、僕はある手続きを踏んだ」

「そうなの？」誰よりも恐れている人のことをタージが口にしたので、ルーシーの体には氷のように冷たいものが走った。タージはこれ以上なにをするの？　すでに母は安全な場所に移動したあとで、継父の手はカララには届かないのに。

　タージの横顔は険しく、まさに戦う王だった。王として自国を守らなければならないのはわかるけれど、計画とはなに？

「その計画についてきいてはいけないの？」

　ルーシーの声は甲高く、震えていた。

「今はだめだ」タージは着陸を優先させた。

　先々のことを考えるのは、なによりも重要だ。僕に先見の明がなければ、カララは復興できていなかった。だから、誰にも計画のじゃまはさせない。たとえ、相手が生まれてくる子供の母親だとしてもだ。

「あの人たちは？」人がおおぜいいるのを見て、ルーシーは驚いた。

「採鉱チームとその家族だ」ヘリコプターを着実に降下させながら、タージは説明した。

「集まれるなら、口実はなんでもいいんだよ」

彼は淡々とつぶやいたものの、多くの見知った顔に上機嫌になっていた。

ルーシーをカララのサファイア鉱山へ連れてきたのは、王の人気を見せつけるためではなく、作業の規模を見せるためだった。そして、二人の子供がいつか受け継ぐ財産について知ってほしかった。

男の子でも女の子でも、小さいころはカララから離れて過ごすことになるだろう。自分が持つ砂漠の知識を残らず伝え、国民と祖国にわが子を紹介すると考えると、タージはわくわくした。もちろん愛人のルーシーも紹介し、僕のそばに置いておきたい。ルーシーには専門家としての価値があり、タージは才能のある人材を育てるのが好きだった。カララには最高の宝石職人たちがいるので、彼はその作品を展示できないかと考えていた。ルーシーは最近さまざまな展示会を手がけて、大学から名誉ある賞をもらっていた。まさにうってつけの人材だ。

「これから数日、この鉱山に滞在する」タージは告げた。「不便を忍ぶうちに、君はここで行われていることについて学ぶだろう。それに、僕のことも」彼はそっけなく続けた。「そうしたかったんだろう?」

「ええ」ルーシーはタージをじっと見た。

ヘッドホン越しでも、その声が緊張してい

るのがタージにはわかった。ヘリコプターが着陸しても、二人は無言のままだった。

サファイア鉱山に、ルーシーはわくわくしていた。現実は厳しく、タージがどんな計画を立てているのか知らなくても、とにかく一歩ずつ前へ進むしかない。どんな質問にも答えてくれる相手と鉱山をめぐるというすばらしい機会を、最大限に利用しよう。

その相手はタージではないかもしれないけれど、今回の旅は私の履歴書に箔《はく》をつけてくれるはずだ。貴重な宝石の原産地へ行き、加工の工程を最後まで見られるのだから。子供の将来を考えたら、これ以上自分のキャリアになることはない。

だから、私の気持ちは二の次にしなくては。

不便を忍ぶと言ったタージの言葉を思い出し、ルーシーは周囲を見て苦笑した。これが不便なら、彼はもっと現実的になったほうがいい。テント村の端に作られた特別な施設は、どんなホテルにも負けないほど設備が整っていた。裏には仕切られた場所があり、岩に囲まれた湖で泳ぐこともできた。

世界一大きな自然のバスルームね。テントと湖を隔てる布をめくって外を見ながら、ルーシーは皮肉っぽく思った。

「新しい住まいは気に入ったか?」

テントに入ってきたタージに、ルーシーは

手を口にあてた。「ノックもしないなんて」

彼が笑いそうになった。「キャンバス地をたたいても意味はないだろう」

「びっくりしたわ」彼女は背筋を伸ばし、タージと向き合った。

「すべって水に落ちるなよ」彼が注意する。

遠くで音楽が聞こえたが、その覚えやすいリズムはテントの緊張を高めただけだった。

「今夜は宴《うたげ》と踊りがある」タージは説明した。「みんなの希望で僕は出席するが、君も一緒に出てくれると期待していいかな？」

期待……。ほかにカラの王はなにを期待しているの？「ぜひご一緒したいわ」彼の威厳に圧倒されまいと、ルーシーは言った。

しかし肩をすくめたタージは関心がなさそうで、ルーシーは傷ついた。最初の夜にあっという間に芽生えたつながりが恋しい。そのときの仲間意識や軽口も懐かしかったけれど、タージに気に入られるために卑屈になる気はない。山のように大きく、融通がきかない人かもしれなくても、彼にも歩み寄ってもらわなくては。

「まずは水浴びをしてくるわ」ルーシーは湖を見て言った。ずっと体だけでなく、心もさっぱりさせたいと思っていた。

「僕もつき合おう」タージが言った。「泳ぐなら、誰かがそばについていなければ」

「泳ぎは得意だから」ルーシーは脈拍がひど

く速くなるのを感じつつも言い返した。

「だが、君は妊娠している」タージは反論した。「水には危険がつきものだ」

　おかげで、一人になって考える時間はなくなった。でも、タージを敵にまわしてもしかたない。ルーシーは肩をすくめ、背を向けて下着姿になった。犯罪集団のボスのもとで育った利点の一つは、家のテニスコートほどもある温水プールを好きなだけ使えたことだった。それに、何頭ものポニーにも乗れた。

　ルーシーの父が生きていたころ、そこは丘の上の農場にすぎなかった。両親はどうにか暮らしを立てていて、平凡でもとても幸せな日々を過ごしていた。ところがルーシーの父が亡くなると、すべてが変わった。

　ルーシーの母が見知らぬハンサムな男性に夢中になったときは、夢が現実になったかと思った。けれども、おとぎばなしはすぐに悪夢に変わり、丘の上の農場はオートマチック銃を手にした怖い顔の男たちに守られた要塞と化した。

「ルーシー？」

　タージの鋭い声に、ルーシーは現実に引き戻された。体の隅々まで知られている事実を忘れたかのように、胸の前で腕を組んで彼を見る。もっと状況が違っていたらよかったのに。テントで隠されていたのと、後ろには山がそびえていたので、ルーシーは裸で泳ぐつもりだった。けれども、黒いボクサーショーツ一枚のタージが一緒となると危険すぎる。彼の腕が腰にまわされ、ルーシーははっと息をのんだ。「とがった岩があるんだ。僕に体をあずけるといい」

　山からの雪解け水はとても冷たかったが、並んで泳ぎながら、タージはルーシーを滝がある断崖へと連れていった。

なんなの？　ルーシーは泳いでいるタージのほうを向いた。彼の考える安全がこれだというなら、感心できない。しかし、その考えは早計だった。タージがルーシーを案内したのは轟音《ごうおん》をとどろかせる滝の裏側で、そこは完全に外界と切り離されていた。

濡《ぬ》れたたくましい体を使ってルーシーをすべすべした岩に押しつけ、タージが言った。

「泳ぎがうまいんだな」

　王はどこにも行かせないというように、ルーシーの頭上に腕を置いている。「あなたもね」彼をまっすぐに見て、ルーシーは言った。

　なによりもこうされたいと思っていた。それでも、タージに二人を隔てる感情の壁を破られるのは怖かった。そうなったら、自分の心がカラの王に踏みにじられるかもしれないからだ。

　タージは時間を無駄にせず、ほしいものを手に入れた。凍りつくような水がとどろくように落ちる中、ルーシーの唇にキスをする。

拒むことのできない、拒みたいとも思わない男性に、ルーシーは情熱的に応えた。空気や食べものと等しく欠かせない存在であるタージが、氷のように冷たい水に濡れた熱い体で迫ってくると、慎重になることなどきれいに忘れていた。

危険を冒してルーシーはタージの腰に脚をからめ、息を乱しながら二人の間の情熱のすさまじさを思い知った。これは彼の言う計画ではないのかもしれない。けれども、二人には欲望しかないのだとしたら……。

タージはたちまちブラとTバックを取り去り、喜びのうなり声をあげながら一糸まとわぬルーシーの体を探った。「これだ！」食いしばった歯の間から言い、しっかりとルーシーの中に自らをうずめる。

そこからはやみくもに頂点をめざすだけで、ルーシーもタージに負けずに一緒に動いた。お互いにどこまで求めても足りず、荒々しい解放が訪れるとすぐに次を追いかけた。

その姿は激しい衝動のとりこになったようで、タージが伸びた黒いひげで彼女の首をこすれば、ルーシーは彼の肩を噛《か》み、自分でもよくわからない言葉で欲望を駆りたてた。炎と化したように熱烈に抱き合っていると、ほかのことはなにも考えられなかった。

「そうよ！」粉々になりそうな至福を迎えるたびに、ルーシーは心から叫んだ。興奮のほかにはなにもいらないときがあるというけれど、今がそのときかもしれない。つねに完璧な恋人であるタージは、湖の打ち寄せる波の中でもあらゆる喜びを与えることができた。

　ルーシーが落ち着きを取り戻すと、彼はじっくりと絶え間なく刺激することで、じらすようにまた欲望を目覚めさせた。すると、彼女の疲れきった体には生き生きと活力がよみがえった。

「ああ、すてきだわ」タージが頼もしく一定のリズムを刻むと、ルーシーは歌うように言った。タージの胸に頭をあずけ、されるがままになりながら、水に身をゆだねて休息する。その瞬間、滝の裏側は彼女の世界の中心になっていた。タージはどうやってルーシーを興奮させ、ほしい気持ちにさせるかをよく心得ていた。まもなく彼女は、ふたたび歓喜の寸前まで追いつめられた。

「今だ」タージがルーシーの耳元で指示した。

「ええ」感謝するようにうめく彼女を、タージは頂点へ導いた。

「もう一度だ」ぐったりしたルーシーが空気を求めてあえいでいると、彼が言った。

「いいえ、もうくたくただわ」彼女はぼうっとしていた。タージの手が腰を支えてくれているのをありがたく思い、彼の腕の中で満たされた気持ちにひたる。

「そうは思わないな」タージが反論した。

「君のことはわかっている。まだできるはずだ。証明しようか？」

「お願い」自分の腰をつかむ彼の大きな手に力がこもると、ルーシーはうれしくなった。

「君はなにもしなくていい。ただ、喜びを感じていてくれ」タージが低くかすれた声でささやいた。

　何人の恋人が、この冷たい水で自分たちの熱い情熱を癒やしたのだろう？　そして、私とタージも湖の歴史の一部になった。喜びで頭が真っ白になる前、ルーシーはそう思った。今は喜びがあればじゅうぶんだった。

　二人は並んだまま、のんびりと泳いで湖から上がった。ルーシーの手足は重く、気持ちは満たされていた。そしてどちらも、現実が支配する大地には急いで戻りたくなさそうだった。

　しかし、湖の岸に用意された清潔なタオルの山を見たとたん、ルーシーは気づいた。これは私のいつもの現実じゃない。タオルを体に巻きつけ、さらに考える。タオルは、カララの王が完全に一人になることはない証拠だ。しかも、彼が自由に行動できる時間は短い。

　でも、今日これからなにがあるとしても、さっきのひとときは思い出になる。タージが引きしまった腰にタオルをしっかりと巻きつけるのを見ながら、ルーシーは思った。

　テントに戻ったルーシーは、ベッドの上に

淡い空色のシルクのチュニックと、おそろいのシルクのズボンが置かれているのを目にして驚いた。カララの女性の服装だ。すてきな服は装飾本位というよりは、動きやすさを重視しているようだった。

「気に入ったか？」タージが尋ね、服に目を走らせた。「宴にはぴったりだ」

「宴？」ルーシーは尋ねた。「私たちには話し合う時間があると思ったのに。とにかく、解決しなくてはならないことがたくさんあるわ……」

タージの視線は冷ややかで、あっという間に国王の顔に戻っていた。私をハーレムに入れようと思っているなら、考えを改めてもらわなくては。彼女は思った。

「国民が僕の帰りを歓迎して宴を開くのに、優先しないでどうするんだ」

ルーシーは歯を食いしばり、冷静さを失わないようにした。ここはタージの国で、私は客なのだ。「そうね。あなたのお客様になれて、誇りに思うわ」

「君は僕の愛人として出席するんだ」タージが厳しく言った。

「公式に発表するの？」ルーシーは大きな声できいた。彼の愛人になることに、私は納得したわけじゃない。継父の存在と事情を打ち明け、タージが継父に対する策をすでに講じたのなら、カララには引きとめられないだろうと期待していたのに。

それに、ルーシーは誰かの愛人になるような女性ではなかった。特に、カララの王の愛人には不向きな気がする。砦《とりで》に閉じこめられて陛下の寵愛《ちょうあい》を待つよりも、自立していたいのだから。

おまけに、王の正式な愛人という立場に求められる、華やかな美貌の持ち主でないことは言うまでもなかった。私は洗練されてもいなければ、上流階級に入れる身分でもない。いちばん幸せなのも、クリーニング店で友達に囲まれているときか、同じように安い服とジーンズを身につけた大学の友達と一緒にいるときだ。

そのうえ、ルーシーは母親になろうとしていた。将来の人生設計だけでなく子育てもしなくてはならないなら、なにもしないでいるわけにはいかなかった。

「発表する必要はない」タージはくつろいだようすで肩をすくめた。その姿は天気の話でもしているみたいだった。「それに、安心していい。君にばつの悪い思いをさせるつもりはない」

「あなたの隣にいる私を見れば、国民は察すると思っているのね？」ルーシーはきいた。

「そのとおりだ」タージは同意した。

12

「前にも話したように、君の母親は保護してある」

「感謝しているわ」

「それでも」タージはルーシーの言葉をはねつけるように続けた。「安心できるまで、君にはカララにとどまってもらう」彼の目は射るように鋭い。「君が逃げなくてはならなかった事情は理解している。そのためならなんでも——誰でも利用する気だったことも」

「お願いだから、そんな目で見ないで。私、わざと妊娠したわけじゃないの。でも、赤ちゃんができたことはうれしいわ」

「信じてもいいのかな？」

「信じてもらわないと」ルーシーは静かに言った。

「子供のためにか？」タージが尋ねた。「三カ月前の君がなにを考えていたか、僕にわかるわけがない。できるのは、これからの計画を立てるくらいだ」

ルーシーの胸に怒りがわきあがった。悪いのはお互い様なのに、私だけに罪があるとは言わせない。「あなたの欲求を満足させるために愛人になれと言われて、私がどんな気持ちになったと思う？」

「僕の欲求？」タージが声をあげて笑った。「君の口からその言葉を聞くとは傑作だな」

彼はルーシーに口を開くチャンスを与えず、ぴしゃりと言った。「君たちには僕の保護下にいてもらう。君たちというのは、君と君の母親、赤ん坊のことだぞ」

「私たちの赤ん坊だわ」ルーシーは怒って言い返した。「それじゃあ、二番目の父は？　彼はどうするの？　あの人が自由に歩きまわっているうちは、誰も安全じゃない」

「あの男なら、刑務所というふさわしい場所へ戻った。僕の調査員がつかんだ情報を渡せば、二度と出てくることはないだろう」

　ルーシーは口もきけないほど驚いた。継父による残酷な支配が終わったのが信じられない。つまり、私は自由の身になり、母も安全なのだ。タージは不可能に思えたことをやってのけ、生涯続く不安と恐怖を私の肩から取り去ってくれた。「本当に？」事実がのみこめないというように、彼女はつぶやいた。

「君たちがもう苦しむことはない」タージがきっぱりと宣言した。「最初から教えていてくれればよかったのに」

「私たち、お互いをろくに知らなかったでしょう」ルーシーは指摘した。「会ったその日に、あなたに重荷を負わせるなんてできなかったわ」

「それでも、言ってほしかった」

「どうやってお礼をしたらいいのかしら」

「なにか考えるよ」暗く謎めいた表情で、タージが言った。「だが今は、宴《うたげ》の支度をしてくれ。今夜、君が見返りとしてできることだ」

　体裁を保ってほしいのね。けれども、ルーシーはそれ以上のものがほしかった。

　タージが続けた。「お母さんに電話して、この朗報を伝えてから支度するといい。三十分後に迎えに来る」

「三十分後ね」ルーシーは張りつめた気持ちで応じた。母に電話をすれば、それだけで時間はなくなるに違いない。


　ルーシーが母との電話を涙ながらに切ったとたん、驚いたことに数人の女性がテントに来て、宴の支度を手伝うと申し出た。その親しげな温かさには、彼女も折れないわけにはいかなかった。何人かは流暢《りゅうちょう》に英語が話せたので、言葉の壁もなかった。

「髪を伸ばすべきですよ」女性の一人が強く言った。理由をきくルーシーに、〝恋人とは長い髪を指ですくのが好きだから〟と彼女は答えた。別の女性はもっと大胆に、違う使い道を口にした。そうすれば、男性はなんでも言うことを聞くという。

　一緒になって笑ったあと、ルーシーは〝私

も髪を伸ばさなくちゃ〟と言い、それから〝どれだけ手伝ってもらっても、あなたたちのように魅力的にはなれないけれど〟と続けた。目尻の上がったエキゾチックな美貌の前では、自分のそばかすの散った肌など、ものの役にも立たない気がした。

その意見にはいっせいに反対の声があがり、タージの意見はどうだろうとルーシーが思ったとき、女性の一人が彼女に姿見を向けた。鉱山へ来た際に身につけていた実用的な服は、見事な職人技が光る上下に分かれた衣装に変わっていて、ルーシーは王妃にでもなったような気分だった。

一夜限りの王妃だけれど。女性たちがズボンとおそろいのチュニックの繊細な布地を引っぱったり撫《な》でつけたりする間、ルーシーは悲しげに思った。ショートヘアはどうすることもできなかったので、耳にハイビスカスの花を一輪飾っただけで終わった。

「お美しいですよ」年配の女性が言った。

「陛下はあなたの魅力に逆らえないでしょう」

「陛下も恋に落ちますわ」別の一人も言う。ルーシーは肩を落とした。どういうわけか、そうは思えなかった。

「用意ができたようだな」

振り返ったルーシーは、後ろにタージが立っているのに気づいた。無数の焚《た》き火が背後で燃えているせいで、テントの入口にいる彼の姿は逆光になっている。それでも、タージが伝統的な服装に身を包んでいるのがわかると、ルーシーは彼には手が届かないことを痛感した。砂漠の王という強烈な白日夢が、とてつもない現実として存在しているせいで、脈が速まり、体がざわめく。飾りけのない黒いチュニックにゆったりしたズボン、頭飾りという格好のタージは、途方もなくハンサムなシークにしか見えず、ルーシーはあらためて彼に夢中になった。

しかし、彼女の胸の中では愛とともに疑いもふくらんでいた。タージの存在感には、否定できないほど惹《ひ》かれる。でも、彼は子供の母親として私を尊敬してくれるの？　それとも都合のいい子宮として使われ、赤ん坊が無事に生まれたら私を捨てるの？　ルーシーは自力で人生を歩み、ずっと着実で安定した道を歩んできた。だから、自分にはどうにもならない状況に置かれるのは不安でたまらなかった。

ルーシーの継父の問題は片づき、二度と悩まされることはなくなった。ルーシーと母親はいろいろ苦労しただろうが、あの男に負けなかったのだ。タージはそう結論づけ、ほほえむ女性たちの向こうにいて、彼の人生を引っくり返す力を持っている、たった一人の女性を見た。

今夜のルーシーは、はっとするほど美しか

った。タージは今までそれなりのふるまいを期待しながら、ずっと彼女を見つづけてきた。その間には、無防備な彼女の人生も詳しく調べあげた。そして立派にも、ルーシーは彼を失望させたことがなかった。あとは、今夜開かれる集まりを、彼女がどう乗りきるかを観察するだけだった。

宴の場でルーシーは、誰に対しても生まれ持った自然な親しみやすさを発揮した。どうして僕はそのことを忘れていたのだろう？　タージは思った。クリーニング店には、彼女の友人がたくさんいたではないか。

焚き火の前でクッションに座るルーシーのまわりには、人々が集まっていた。一人の年配女性がルーシーの非公式の通訳を務めていて、終わりのない質問を訳している。ルーシーは上品なユーモアで全員に接していて、タージは得がたい女性だと思った。

タージの視線を感じると、ルーシーはすぐさま彼がそばに行きたくなるようなまなざしを返した。だがそのとき、タージは長老たちから忠誠の誓いを受けている最中だった。

ルーシーに愛人以上の立場を与えられればいいのだが。タージは一瞬思った。しかし、カララの憲法が変わらない限り、王室審議会は僕に政治的に有利な結婚を期待する。しかも国民を喜ばせるため、近いうちにそうすることを望むに違いない。

誓いの儀式が終わり、タージは上着を脱いだ。ルーシーは、彼がその上着を隣のクッションに放るのを見て驚いた。

「あなたの世界での私の立場を見せつけるつもり?」彼女がこっそりきいた。

　その言葉にタージはたちまち興奮したが、忍耐力を試すなというようにルーシーをにらみつけた。誰一人、国民の前ではカラの王に無礼なことは言わせない。「余興の準備をしているんだ」

　ルーシーは身を引き、からかうような目をした。「私、そう言わなかったかしら?」

「砂漠ならではの競技なんだ」タージは辛抱強く続けたが、心の内を表すように口元は引きつっていた。僕が自分を笑う気になるなど、ルーシーにしかできないことだ。

「そうみたいね」誰かがタージにサーベルを渡すのを見て、ルーシーはひるんだ。「それで自分を切らないで」

「気をつけるよ」タージは安心させるように言った。腰に手をあて、大きくにっこりする。「心配はいらない。こうした場で、誰かが命を落としたことは一度もないから」

「つねに初めてということはあるわ」彼女は陽気に言った。

　タージが警告のまなざしを向けても、ルーシーにはまったく効果がなかった。それでも、部族の一人が馬を引いてきたときには、彼女も驚いた顔をした。

「そんなものに乗って大丈夫なの？」

ちらりと皮肉めいた視線を送り、タージは黒い馬の背に飛び乗った。「見ればわかる」

「覚えておいて」ルーシーはぱっと立ちあがり、馬具をつかんだ。「今のあなたには責任があるのよ」

「妻のような口をきくんだな」彼はそう言って、馬の向きを変えた。

「あなたはひどい夫だわ！」全速力で走り去る彼の背に、ルーシーは叫んだ。

タージは怒るべきだったが、ルーシーがほしい気持ちのほうが勝っていた。それに熱い競争心をもって余興を早く終わらせ、欲望を解放したかった。どちらにしろルーシーは今夜、僕のベッドに来る。そのときは必ず彼女に仕返ししてやる。想像できる限り、最高の喜びで。

ルーシーは不安そうにこぶしを握りしめ、タージがほかの騎手とともに一列に並ぶのを眺めていた。活発そうな馬に乗っている人々の中には、女性もいるようだ。なのに、どうして私は焚き火のそばに座っているの？

乗馬は得意だったし、歩けるようになる前に、父に年老いたシェトランドポニーに乗せられていたから、馬に乗るのは大好きだった。砂漠で行われるこの余興は、力というよりは技術を競うもののようだ。大きな歓声があがる中、ルーシーは思った。

騎手は二人一組になって、たいまつに照らされた走路を、竿《さお》からぶらさがるヒョウタンめざして競走する。同じような競技なら、ルーシーにも経験があった。ヒョウタンを切り落とし、先にスタートラインに戻ってきたほうが勝者らしく、彼女の目は居並ぶポニーに向けられた。よさそうな馬が何頭かいる……。

ルーシーはなにをしているんだ？　半分野生のアラブ種のポニーにまたがる彼女を見て、タージの脈は跳ねあがった。警告しようと叫んでも、いきなり全速力で駆け出した馬の首にしがみついているルーシーには聞こえなかったようだ。危険は冒すな、と僕には注意したくせに！

競技を中断し、タージは馬の向きを変えてルーシーのあとを追った。追いついたときにはルーシーはヒョウタンをつかんでいて、ポニーの向きを変えて彼のそばを走り過ぎた。勝ち誇ったように獲物を高く掲げる彼女に、群衆から耳をつんざくほどの歓声があがる。

よそ者かもしれないが、ルーシーは今夜いちばん人々を魅了していた。ただし僕は違う。タージは不機嫌にそう思い、馬をせきたててルーシーに近づいた。彼女の腰に手をまわして、走る自分の馬に乗せる。すると、またしても歓声が起こった。一方、ルーシーは明らかに感心していなかった。

「自分がなにをしているか、わかっているの？」ルーシーが声をあげた。

「君を、君自身から守っているんじゃないか」タージはむっつりと言い、腕に力をこめた。ゆっくりと走ってポニーの列へ向かい、彼女を慎重に降ろす。

「あなたがなにを考えているかわからない」ルーシーはタージを振り払った。「自分がなにをしているかならわかっているわ。子供のころに農場でよくしていた、遊びの延長みたいなものだもの」

「そのとき、君は妊娠していたのか？」彼は冷静に指摘した。

「私は赤ちゃんを危険にさらしたわけじゃない」タージに連れられながら、ルーシーは言った。

「僕の見ている前ではするな」彼ははねつけた。「特に危険なことは」

「どうしていけないの？　荒っぽい遊びは、愛人の暇つぶしにはふさわしくないのかしら？」タージが答える前に、ルーシーは興奮した口調で続けた。「余興には女性もたくさん参加していたわ……。子供だっていた」

「僕は君に言っているんだ。そして忘れているかもしれないが、君は妊娠している」

「そうなの？　私だから言うの？　からかってばかりだったくせに」ルーシーは鋭く言い返した。「あなたは私を無視しているのよ。

欲望に駆られたときは別だけれど」

「そんなことはしていない」反論しながらタージは思った。ルーシーのように僕を笑わせ、封じてきた感情を引き出す女性はいない。こんなに熱くなったのは初めてだ。だが、ルーシーと子供の身の安全は最優先にしなければ。

「なのに、今ごろになって気づかうの？」彼女がさらに続けた。

原因は妊娠だ。ルーシーの目にこみあげる涙を見て、タージははっとした。だから彼女は感情的になり、手に負えなくなっているのだろう。ルーシーと再会してから、妊娠について調べたり本を読んだりしていたので、彼女の激昂《げっこう》の理由は理解できた。「そのとおりだ」言ってから、タージは大声を出しているのに気づいた。自制心を失ったことなど一度もなかったのに。いらだちに駆られた彼は、ルーシーの手からサーベルを奪い取り、待っていた従者に放った。

「妊娠は病気じゃないわ」テントに連れていくタージに、ルーシーは言った。

「本当に困った女性だな」彼は吐き捨てるように告げた。「けがをしたらどうする？」

「欠陥品として送り返せばいいでしょう」彼女の目にまた涙がこみあげた。「そして、新しい愛人を募集すればいいんだわ」

「今の君は話にならない」タージはいらだたしげに言った。

「私が？」ルーシーはかっとなった。「あなたは考えが――正式な愛人にしたいという考えがあって、私をカララに連れてきた。でも私がいやがると、そうするしかないようなでまかせを並べたのよ。私を連れてこられるなら、なんでもよかったんだわ」

「それだけ君を気づかっていたんだ」

「あなたはなにもかも支配したいだけでしょう」

「では、君はどうなんだ？」タージは反論した。「カララに来るために嘘《うそ》をつき、僕にもずっと黙っていた。なのに今さら、君を立派な女性だと思えというのか？」

「あなたにどう思われようとかまわないわ」

ルーシーの声は震えていた。「私はしなければならないことをしたまでだもの」

「君は心配性なんだ」タージは彼女の腕をつかんで落ち着かせた。「そのうえ、いつでもみんなを喜ばせようとする」

「みじめに失敗してばかりだけれど」

ルーシーが身を守るように自身の体を抱きしめると、タージは見ていられなくなった。

「そうだな」厳しいかもしれないが、二人のやり取りをおさめるには適切な言葉だろう。

「わかった」ルーシーが背筋を伸ばし、腕を下ろした。「カララにはとどまるわ。けれど、話し合ってお互いに条件を出しましょう」

タージはルーシーの目をのぞきこんだ。

「君は、今になって条件を出すのか？」

「ええ」彼女がうなずいた。「なにがおかしいの？　あなたに歯向かう人がいないからといって、私が喜んで従うとは思わないでね。私には、自分と赤ちゃんが暮らしていくための仕事が必要なの。でも、子供がなにを受け継ぐのかについては、できるだけ知りたいと心から思っている。だからカララにはいたいの……少なくとも、大学が休みの間は」

「つまり君の決意の中に、僕といたいという思いはないのか？」

ルーシーは眉間に深いしわを寄せ、なにも言おうとしない。

ゆっくりと首を振り、タージはルーシーの強烈で断固としたまなざしを受けとめた。この女性は僕と同じくらい頑固なのだ。「君は間違いなく、出会った中でいちばん腹のたつ女性だよ」

「二番になるのは嫌いなの」

「そうなることはなさそうだ」ルーシーをテントに入れ、タージは従者を下がらせた。「座るんだ」

「あなたこそ座ったら？　それとも、私は子供のように指導されなくちゃならないの？」

子供どころか、ルーシーは美しい女性で、僕の子供を宿している。そして、これ以上すばらしい母親はいないだろう。ルーシーの勝ち気さをどうするかは後日考えるとして、僕は彼女から翼を――自由をもぎ取りたいのか？　ルーシーがここにいる間、ふさわしいものを与えられるのか？　ルーシーが金銭に興味がない以上、恵まれた人生を送るタージには確信が持てなかった。

「飛行機の中で話したように、君のために考えた計画があるんだ。愛人になるかどうかは関係なく」

「それはなんなの？」ルーシーは疑わしげに緑色の目を細くした。

「君にサファイアに関する仕事を頼みたい。報酬はほかの人々と同じ額を払う。あとの条件は君しだいだ」

「どんな内容の仕事なの？」

「最高級の宝石を展示したいんだ。巡回展示を行うほかに、博物館も作りたい」

「ずいぶんささやかな仕事ね」ルーシーはそっけなく言ったものの、その目は明らかに興味深そうにきらめいていた。

「非常に取るに足りない仕事だ」タージも厳しい口調を装って告げた。

「大きな車輪を動かす、ちっぽけな歯車も同じだわ」彼女が考えこんだ。

「そうだ。だが歯車は一つ一つ、ほかにはない個性を持っている。でなければ、車輪は問題なく動かない」

「本気なの？」ルーシーはきいた。「つまり、まるで夢のような話だから」

「僕は心から本気だ。君が学んだことを無駄にする手があるか？」

「承諾したら、私をガラス細工みたいには扱えなくなるのに？」

「意見は遠慮なく言わせてもらう」タージは釘《くぎ》を刺した。

「私もだから」ルーシーも負けずに言い返す。

「そう言うと思っていた」話が終わったところで、タージはルーシーを抱き寄せた。

「厚かましいのね」

「ああ」タージはささやいた。「だが、君の体は美しい」

抱きしめられて、ルーシーの体から力が抜ける。「いつから始めればいいの？」

探るように見られて、タージの全身はたちまち硬くなった。「今すぐではどうかな？」

目を見れば、お互いの考えは理解できた。二人の相性は最高で、ルーシーはつねに僕を驚かせてくれる。彼女が目の前で膝をついたとき、タージはそう思った。ルーシーが膝をついたのは感謝するためではなかった。上質な麻のズボンの上からタージの体に口づけするためで、彼はやがてまともにものが考えられなくなった。

「今、主導権を握っているのはどちらかしら？」ルーシーが顔を上げてささやいた。

タージはのけぞって笑ったが、ルーシーが口をすぼめたとたん、衝撃的な歓喜に黙りこんだ。官能の波に襲われて無意識にうなり声をあげ、なんとかして息を吸うために口を開く。

　しかし、ルーシーにはさらなる考えがあった。すばやい動きでタージの腰に手を伸ばし、あっという間に彼をズボンから自由にした。タージの高ぶった下腹部に触れるルーシーの唇の熱は、言葉では表現できなかった。あえて言うなら、彼女の舌のおかげで、タージはこれまでにない快楽を味わっていた。

13

「あなたはこうしたいはずだわ……。私たち二人とも……」

「悪い女性だ」ルーシーに主導権を握られ、タージはうなった。

「言っておくけれど、私は誰の愛人にもならない」彼女の髪に指を差し入れて引き寄せるタージに、ルーシーは言った。「こうしているのも、私がそうしたいからだわ」

「わかっている」タージはどうにか言った。

ルーシーのかすれた声には興奮があらわだったが、彼女の意のままになっていることに、タージも興奮していた。

彼がルーシーの巧みな愛撫《あいぶ》を褒めると、彼女は言った。「もっと前に、あなたが好きなことをわかっていればよかったわ」

苦痛の声をあげながら、タージはルーシーの体を持ちあげて服を脱がせた。彼女を上にのせ、二人が求めていたことをする。避けがたい結果に向かって激しく動き、喜びの頂点をめざすと、あっという間に恍惚《こうこつ》は訪れた。しかし途方もない至福を堪能している間も、彼はさらなるものがほしくなった。

「今夜はやめておきましょう」ルーシーが冷静に制止し、服をかき集めてつけ加えた。「仕事についての返事は、明日伝えるわね。サファイア鉱山を訪ねたあとに。カララにとどまるかどうかの判断にもかかわるから、その返事もするわ」

「ずいぶん気前がいいんだな」ルーシーと目を合わせ、タージが言った。「だが、まずは君と一つになりたい。君も楽しめるし、よく眠れるぞ」

ルーシーは、彼女と同じくらい超然としたタージに驚いているようだ。彼はなんとしても負けないつもりだった。

抱きしめられるとルーシーは息をのみ、ベッドに押し倒されたときには悲鳴をあげた。

「悪い人ね」タージをからかうと同時に苦しめる表情で、ルーシーが言う。

「わかっている」彼はうなずいた。そうでないふりをすれば、二人とも今夜は眠れないだろう。そんなことをしてなんになる？

　タージは誰よりもすばらしい恋人で、ルーシーは体のあらゆる部分が歌っている気がした。楽しめるという、彼の言葉は本当だった。目を閉じて喜びを味わうだけでいいなら、抵抗する意味はない。

　タージの規則正しい呼吸は、ルーシーの慌ただしい息づかいとは正反対で、なおさら彼女の興奮はあおられた。そのあとで砕けるような解放の瞬間が訪れたとき、ルーシーは身も心も揺さぶられた。いつの間に激しい喜びが疲労に変わり、眠ってしまったのかはわからなかったけれど、翌朝タージの腕の中で目覚めたときには人生最高の幸せを感じていた。

「愛してる」彼がまだぐっすり眠っていたので、ルーシーはささやいた。

　タージはうなっただけで身じろぎ一つせず、彼女はほっとした。この気持ちを知られたら、私は完全に彼の意のままにされてしまう。

　タージが目を覚ましたとき、ルーシーは彼に背を向けて眠っていた。つまり、タージがほんの少し位置を調整すれば、後ろから彼女を自分のものにできた。ルーシーは胸をそらし、ヒップを持ちあげて、より深くタージを受け入れた。こんなふうにのんびりと彼と一つになるなんて、一日の始まりにぴったりだ。枕をつかんだルーシーは喜びだけに集中し、ほかにはなにも考えないようにした。

「気分はよくなったか?」声をあげて身もだえるルーシーを、タージはなだめた。

震えながら喜びを最後まで味わおうとするあまり、彼女は話すこともできなかった。

「こうしてほしかったのか?」彼はかすれた声で甘くささやき、男として勝ち誇ったようなほほえみを浮かべた。そしてまた動きはじめ、ルーシーは満ち足りたうめき声をあげた。

「君がいい子になったら、どうなるか見てみようじゃないか」

「どんなときでも、これ以上いい子にはなれないわ」ルーシーが警告した。

「わかっている」タージはうれしそうに言った。

「からかわれているように聞こえるのは気のせいかしら?」ルーシーは挑発するように尋ね、振り向いて彼をにらんだ。

「まだ欲望がありあまっているようなのは気のせいかな?」タージも言い返し、ルーシーが大好きな方法で彼女をじらした。

どうなっても知らないんだから! 体を持ちあげて、ルーシーは彼を求めた。

なんてすてきな日かしら。湖で泳いだあと、ジーンズとトップスを身につけながら、ルーシーはとても幸せだった。体は今も、タージのすばらしい愛撫にうずいている。それでも、彼女はまだ足りなかった。彼が相手だと、いつもそうだ。とはいえ、サファイア鉱山に行くのも楽しみだった。

まず二人は短時間、タージが操縦するヘリコプターで移動した。着陸後、彼が言った。

「ここからは車で行く」

意気揚々としたタージは厳しく近寄りがたい王ではなく、カフェで出会った男性に戻ったようだった。

「楽しみか？」タージがルーシーの首に鼻を押しつけた。

「なにもかもがね」情熱的な視線を向け、ルーシーは答えた。

タージがこんなに魅力的なのに、どうやって集中すればいいの？ 車に乗りながら、ルーシーは思った。険しい表情をしているときの彼はいっそうハンサムで、抱きしめてほしくなる。日焼けした鋼の梁《はり》のような腕を見れば、そう思って当然だ。ベッドの中でも外でも、タージは驚くほど美しい。けれども、想像以上に複雑な男性でもある。

「岩の間にあるサファイアの層は、伝統的な採掘法を用いて掘り出される」タージが低くかすれた声で説明するのを聞くと、ルーシーの体は喜びにぞくぞくした。ちらりと見た彼の熱っぽいまなざしは、ルーシーが貴重な宝石以外のことも考えているとわかっているようだ。「サファイアは小川で見つかることもあれば、ワジと呼ばれる水がかれた谷に堆積した砂から見つかることもある。そのときはふるいさえあればいい。どうした？」

「あなたのせいだわ」ルーシーは言った。「鉱山にいるときのほうがすてきなんだもの。別人みたい」

「二時間前に、君とベッドにいた男よりもか？」タージがからかうように顔をしかめた。身をかがめ、ルーシーの首にキスをする。「僕は僕で、ただ興味を持っている対象が違うだけだ」彼は身を起こした。

採掘場への旅では、またいいことがあった。ルーシーは暖かくよどんだ空気の中で行われる、地下での作業に魅了された。地上では、山からの風に服をはためかせながら、サファイアが最初に選別される工程を見学した。人々は仕事熱心で、設備も最新のものが整っており、ルーシーはその一員になりたくてたまらなくなった。現に、宝石を展示するためのアイデアも思いついていた。

「博物館はもっと趣向を凝らせると思うの」タージが人々の意見を求めたとき、ルーシーは率直に意見を述べた。「あなたは世界でもっとも美しい宝石を持っている。たとえなんの飾りもない倉庫で見たとしても、その宝石はすてきだと思うわ。でも、見学者には〝ツアー〟を体験してほしいの。そのツアーでさまざまな工程を紹介すれば、人々はカットされる前の原石や、研磨されたものが見られる。宝石になる前とあとが」

人々から同意するようなつぶやきの声があがるのを聞いて、ルーシーを選んだのは間違いではなかったとタージは思った。しかし、それだけで彼女をカラカラに引きとめられるかどうかは大いに疑問だったので、結論を出すことはできなかった。

「君の熱意が伝染するのがわかったよ」新しいアイデアを話し合う人々にほほえみながら別れを告げ、その場を離れながら、タージはルーシーに言った。

ワジの近くに使用人によって用意された昼食を、タージとルーシーは二人きりでとった。雨が降ったばかりなので、干上がった川床は最高のプールに変わっていた。二人はそこで汗を流し、鉱山への慌ただしい訪問の疲れを癒やした。

仰向けに寝そべり、タージは頭上の空を眺めた。ゆっくりと夜が近づくにつれ、雲一つない青空が金色に、さらに深紅に染まる。涼しいそよ風が吹くころには、ラベンダー色の空はくすんだグレーに変わり、太陽がすっかり山に隠れたあとはなにも見えなくなった。

「これまで目にしたどんなものより美しい

わ」タージの隣にいたルーシーが、感情のこもった声でそっとつぶやいた。「あなたはどこよりも魅惑的な国に住んでいるのね」それから彼女は腹ばいになった。

タージは笑って、ルーシーを腕の中に引き寄せた。彼はカララの王であると同時に一人の男だったが、ルーシーにキスをするときは世界の王になったような気がした。

今日はルーシーの目を通してすべてを見ていたため、タージも想像を超える喜びを味わえていた。カララが美しいと言った彼女は正しい。ルーシーのそばにいると、彼はいつになく祖国の魅力を実感できた。「では、ここにとどまるんだな？」ささやく間も、タージにはルーシーの答えがわかっていた。

「契約書を作ってくれるなら」彼女は同意した。「そのほうが賢明だと思わない？」

とうてい受け入れられず、タージは体を引いてルーシーをじっと見た。彼が予想していた答えではなかった。「君が目にした宝石は、新年に世界を巡回する。つまり、時間がないんだ」

「あなたの予定だけに合わせられないわ。赤ちゃんのことを考えなくちゃ」

タージは怒りと不満に駆られた。なぜルーシーが相手だと、なに一つ決められない？

「大学も卒業しなくちゃならないし」立ちあがりながら、ルーシーは指摘した。「赤ちゃんが生まれる前に、修了資格が必要なの」

「どれも忘れてはいない」タージは冷たく言った。「それに、君がはっきり指摘したように、時計の針は動いているんだ」

「クリスマスまでには帰国したいわ」

「帰国？」タージがきき返した。

「ええ。クリーニング店に戻るの」

「それでは僕の都合が悪いと言ったら？」

「ねえ」ルーシーは理性的になろうと必死だった。「あなたのすばらしい申し出に感謝していないとは思われたくないし、この記念すべき特別な日もだいなしにはしたくない。あなたの仕事はぜひ引き受けたいわ。実は、運命だと思って前向きに考えているの」

「それでも、僕と一緒にいることは熱心に考えていないんだな？」

「そうは言っていないわ。あなたは間違っている。ただ、私にはとても神聖な誓いがあって、自立もその一つなの」

「これだけのものを目にしてもか？」タージは両手を広げ、自分が差し出せるものすべてを示した。頼んだ仕事は平凡ではなく、ルーシーにはそばにいてほしい。そして最初は愛人の立場からかもしれないが、時代は変わる。ほかの国と同じように、カラにも適応する時間が必要なだけだ。そしてその間、ルーシーは僕が与えるすべての特権を享受できる。

「やめて」説明しようとするタージを、ルーシーはとめた。「わかっているわ。あなたのような人はなんでも好きなことができるけれども、まず考えなければならないのはカララの国民の安全と、国境の強化なんでしょう。その国境は、結婚を通じてカララ側に有利に広げられる。だからこそ、私は私の道を進まなければならないの」

「僕は君が考えている以上に、君を大事に思っている」タージは激しく言った。

「だったら、私を自由にして」ルーシーの目に涙がこみあげた。

「できない」彼は険しい顔で拒んだ。「僕は君と、僕たちの子供をカララに置いておきたいんだ」

「でも、王としてのあなたの義務を考えれば無理でしょう？　タージ、どちらにしてもつらい選択だわ」

「近道がないのはわかっている」今の時点で、ルーシーに与えられるものはなにもない。空約束で彼女の期待をあおりたくはなかった。

「どうするかは、君が決めるといい」タージはどなるように告げた。

ルーシーを失いかけているせいで、現実がいやおうなしに押し寄せてくる気がする。帰国する彼女のために、タージは身を切られるようにつらい言葉を口にした。

「君たち二人には、じゅうぶんな仕送りをする」その言葉に対する気持ちを隠すように、きびきびした口調で告げた。

　ルーシーが殴られたかのようにたじろいだ。

「お金で片をつけるの？」

「君への義務は果たす」タージはこわばった口調で言った。

「そのせいで私がどれほど傷ついたかわからないなら、選択は正しかったみたいね。もう行くわ。これ以上言うことはないから」ルーシーは続けた。「でもお金はいらない。あなたの財産に興味はないの。それに、あなたはカララを大事にするべきだわ。中途半端な態度は、この国にも私にも必要ないもの。けれど私、あなたが心配でたまらない」

「僕が心配だと？」タージがいぶかるように尋ねた。

「ええ。あなた個人の希望や夢と、カララにとって最上のことが結びつかない限り、あなたは決して幸せになれないもの。それでも、あれこれ口出ししてあなたともめたくはないし、いがみ合う両親のもとで子供を育てたくもない。私たちは離れて暮らし、子供といるときに幸せな顔をすればいい。一緒に生活して、お互いにみじめな思いをするよりは、そのほうがいいでしょう」

　タージは長いこと答えず、やがて冷たく言った。「どうするかは任せる。君の意思に逆らってまで引きとめようとは思わない」

「いいえ」ルーシーは穏やかに反論した。

「どうするか決めたのは私たち二人だわ。なぜなら、あなたは考えを変えず、私も自分の人生設計どおりに帰国するんだもの。私は鉱山にいる間に赤ちゃんのことを話し合い、今後について考えるのだと思っていた。でも、あなたはまだ心の準備ができていなかった。たぶん、ずっとそうなんでしょうね」

「国民に富をもたらすサファイア鉱山を見せたことを、悪いとは思わない。カララの未来にどんな大事な役割を果たすか、君には理解してもらわなければならなかったからだ。君のためにもなると思った。だから子供が受け継ぐものを理解したいと言い、カララにとどまって、国と国民に対する僕の義務のほうが、つねに僕自身の望みより優先される事実を受け入れようとしたんじゃないのか？」

「でも、あなたが幸せでないのに、どうして国民が幸せになれるの？」ルーシーは分別をもって異を唱えた。「それに私たちの子供は、あなたの人生のどこにあてはまるの？　赤ちゃんが生まれたら、すべてが変わるのに」

「僕がわかっていないとでも思ったか？」

「私たちのなにもかもが変わるのよ」

あまりなじられたことがないせいで、タージはそっぽを向いた。「家まで送ってほしいか？」気持ちが落ち着いてから、彼は尋ねた。

「キングスドックへ？」ルーシーはきいた。

「私なら、一人でちゃんと帰れるわ。それに、私が帰国するのはお互いにとっていいことなの。展示会のアイデアは、見せられるものができしだい送るわね。承認してもらえたなら、インターネットで打ち合わせを行うわ。計画を進めるのに支障はないと思う」

だがそのとき、ルーシーは一人だ。

「アイデアが形になるときは、どこでも行って力になるから」

「子供を背負ってか？」タージは張りつめた口調できいた。

「必要があればね」

「赤ん坊は僕の子供でもあるんだぞ。子供の教育には、僕も全面的に参加する」

顔に不安がよぎったものの、ルーシーはすぐに立ち直って続けた。「だったら、話し合う時間を作ったほうがいいわね。あなたが言うように、時計の針は動いているから」

「君は、こうなるとわかっていたんだな」タージは苦々しく言った。

「怒らないで」ルーシーは哀願した。「私があなたの申し出をどんなにありがたく思っているか——」

「やめてくれ！」タージは強く言い放った。感情的ないさかいはうんざりだ。「僕の仕事を、大学での最終考査に役立てるといい」

「そうするわ」彼の冷静な口調に、ルーシーはほっとしているようだった。「寂しくなるわね」口調は皮肉っぽく、そっけなかったけれど、その目は悲しげだ。

「すぐに帰国しなくてもいいだろう」

「いいえ」ルーシーは譲らなかった。「展示会についての説明はちゃんと聞いたし、連絡も欠かさないわ。インターネットがあれば話もできるから、予定日が近くなったらいろいろ準備しましょう」

　画面を通じて子供の将来を話し合うと考えたとたん、タージはスーツケースに座る子供時代の自分を思い出した。当時の彼は二つの国と、二組の人の間を行き来していた。一方は寛大な心を持ち、惜しみない愛でタージを受け入れてくれたが、もう一方は社会生活のほうを大事にした。いちばんの悪夢は、僕が後者のような親になることだ。「連絡はするよ」

「私たちは、それぞれ違う人生を歩んだほうがいいのよ」ルーシーが言った。

　将来が見えないほど高い壁をお互いが築いてしまった責任は、ルーシーだけでなく僕のにもある。タージは思った。顔をそむけて涙を隠すルーシーを見て、彼女の継父と、その男が継娘に与えた心の傷への憎しみがさらに増す。一度傷ついた心が癒えることはないのか? タージはそう考えつつ、ルーシーとは別の帰路についた。

14

カララを去るのはつらかった。民間の飛行機を使うと言い張ったせいで、ルーシーは本心を隠し、傷ついていないふりをしなくてはならなかった。

心を守ることを学んでいた彼女には、そうむずかしいことではないはずだった。しかし、今回ばかりは違った。なぜなら彼女もタージと同じくらい、子供については話し合いたくなかったからだ。それでも、そうしないわけにはいかなかった。話し合うほうが鉱山を訪ねたり、展示会の構想を練ったりするよりも大事だった。

でも私にも責任はある。カララへの義務に縛られているタージには私生活がない。一方で私も、自立していることにかけては同じくらい頑固だった。

タージが国のために結婚すると考えただけで、ルーシーの心は引き裂かれそうだった。そうなったらタージの妻や、やがて生まれてくる子供だけでなく、彼も不幸になってしまうはずだ。それが義務を果たす意味なの？　それなら、義務とは復讐《ふくしゅう》の女神だ。

カララを変えるかどうかはタージにしかで

きないことで、ルーシーには力になれなかった。彼女は彼女で前へ進み、子供のためにしっかりした環境を整えなくてはならなかった。タージが子育てにかかわりたいなら、それに越したことはないし、とめようとは思わない。けれども、過剰な期待をして物事を先延ばしにはできなかった。

タージとのことは幻だったのよ。ルーシーはため息をついて、飛行機の小さな窓からぼんやり外を見た。〝連絡する〟空港でも彼はそう言った。そして二人は気持ちを隠し、両方の頬に情熱のこもらないキスをして別れた。

〝仕事のことで？〟ルーシーはきいた。

〝それ以外でもだ〟タージはそう言って背を向け、護衛の一団に囲まれて去っていった。ルーシーも含めた誰も寄せつけないその姿は、王の孤独な人生を表しているようだった。

少なくとも、カラのサファイアをどうするかに関しては、タージに連絡ができる。ルーシーはそう考えて落ち着こうとした。私は大学の勉強を終え、仕事を続けよう。タージが子供に関する手続きを弁護士に任せても、傷つかないようにしなくては。

決意を固めたルーシーはスケッチブックを出し、世界的に有名なカラのサファイアを展示するための、最初のデザインを描きはじめた。

カララの統治は、義務とともにタージの体にしみついていた。これまでは、その二つがあればよかった。彼はこの国と国民に身を捧《ささ》げてきたからだ。だがルーシーのいない人生に安らぎはなく、まともに考えることも眠ることもできずにいた。

人生でいちばん長い孤独を過ごしたのち、タージは行動を起こすと決めた。ずっと後まわしにしていたが、今こそ立ちあがらなくては。そう考え、書類の束をたたいた。なにより大事な文書はなかったが、まだ存在していないのだから驚くことではない。自分が失ったもの、失いかけているものがわかった以上、僕は闘う。カララのためだけでなく、ルーシーとこれから生まれる子供のために、一歩も引く気はない。

タージは王室審議会の臨時総会を開き、憲法の結婚に関する条項を読みあげた。その時代遅れの内容に、二十一世紀に生きる顧問官たちは改正が必要だという王に同意した。

王室審議会にも出席したアブドラはタージの子供のころからの友人であり、ウルフ・フォートで初めてルーシーを紹介した人物でもあった。アブドラは総会が終わったとたん、興奮した顔で王にきいた。「改正は愛のためでしょうか?」

「僕は自分で選んだ女性と結婚する」タージはアブドラに告げた。「彼女が僕を受け入れてくれるならだが」そっけない口調には、少しも彼らしくない謙遜が表れていた。

「相手はルーシーでしょう！　わかっていました！」アブドラが叫び、その場で小躍りした。「手ごわい女性です」まるで最高の褒め言葉のように言う。「ですが、彼女こそあなたに必要な存在ですよ」

　タージは憲法の改正を実行に移すため、ハミングしながら歩み去った。

　プライベートジェットを降りる間も、タージは待ちきれなかった。ルーシーはそろそろ妊娠七カ月になる。つまり、カララの憲法をすみやかに変えるのに、それだけかかったわけだ。彼女は僕になにをしたんだ？　これが愛なのか？　そう考えたとたん、タージは稲妻のような衝撃を受けた。

　ありがたいことに、世界一裕福な男にしてカララの王である利点はいろいろあった。王室のヨット以外に王室専用機も使えたうえ、外国に着いても堅苦しい手続きは必要なかった。だから、タージはキングスドックに停泊している自身のヨットへ向かった。

　ルーシーを行かせるべきではなかったと思うと、タージはリムジンをもっと速く走らせたくなった。妊娠七カ月ということは、出産まであと二カ月しかない。間に合わなかったわけではないが、そのあとの細かい点についてはまだ話し合うことが残っている。しかしなにを言っても、ルーシーは計画されているサファイアの展示に話を持っていってしまう。二人のどちらにとっても、子供のほうが大事なはずなのに。今も継父との過去に苦しむルーシーが幸せな未来に向き合えるかどうかは、僕にかかっているのだ。

　ルーシーは今もクリーニング店で働いているのだろうという、タージの予想はあたっていた。悪天候の中、睡眠不足にいらだちながらコートの襟を立て、曇った窓をのぞくと気持ちが高揚する。カウンターのルーシーは相変わらず明るく、親しみやすい態度で客と話していた。

　ふたたびルーシーを見て、タージの胸は締めつけられた。彼女のような女性はほかにいないし、これからも現れないだろう。こんな気持ちになったことはない。自分の心を危険にさらすのも初めてだ。

　荒々しいセックスと権力、莫大《ばくだい》な富と王の神秘的な存在感は万能だと思っていたが、ルーシーにはなんの意味もなかった。わが道をいく彼女は、財産や地位にはなびかない。それ以上のものを差し出さなければ、僕はルーシーを永遠に失うだろう。

　腹がたつほど楽観的な音をたてるドアベルを鳴らし、タージは店に入った。

「タージ！」ルーシーが青ざめてカウンター

をつかんだ。自分が現れたせいでルーシーと子供に悪影響を与えたのではないかと、タージはぞっとした。どうして前もって来ることを知らせなかった？　カウンター越しに身を乗り出し、彼はルーシーが倒れないよう両腕をつかんで無事を確認した。

彼女の顔色が戻ってきたので、ほっとする。

「こんなふうに会うのはもうやめなくては」タージはささやいて、砂漠で渇きに襲われた人のようにルーシーをじっと見た。

鼻を鳴らし、ルーシーが手を振りほどいた。客はすでに店を出たあとで、その場にいたのは二人だけだった。彼女が服に札をピンでとめてから、ハッチを開けて熱い湯気の立つ洗濯機へと放りこむ。その姿はとても優雅で、はかなげで、魅惑的だった。

突然ルーシーのひんやりした手が体を撫《な》で、やわらかい唇が唇に触れる光景が、タージの頭に浮かんだ。「すぐに休憩できるか？」

「あと三十分で昼休みになるわ」ルーシーが時計をちらりと見て答えた。

気持ちが高ぶったが、タージはさりげない口調を保った。「一緒にコーヒーを飲まないか？」

「最初に会ったカフェで？」初めて彼を見るような目で、ルーシーがきく。

「そこで待っている」タージは念を押した。

「あのカフェのランチタイムはこむの」店を

出る彼に、ルーシーが声をかけた。「行くなら、席を取っておいてね」

女性からの最高の申し出とは言えないが、求婚の始まりとしてはまずまずだな、とタージは思った。

ルーシーはなかなか現れなかった。いったいどこにいるんだ？　本当に来るのだろうか？　タージはカフェのドアを見て、待ちぼうけを食わされたのだろうかと考えた。それとも彼女はまた僕から逃げ出し、二度と見つからない場所へ行ってしまったのか？

待ちぼうけならおもしろがることもできたが、姿を消したほうは想像もしたくなかった。

そこでタージはコーヒーをもう一杯注文し、今のうちに冷静に計画を立てようとした。焦りは禁物だ。だが、ルーシーのように予測のつかない女性を相手に、計画がなんの役に立つ？　引きとめる方法を思いつこうにも、まず彼女がここに来なければ……。

そうすればルーシーが現れるというように、タージはまばたきもせずにドアを見ていた。ルーシーが大切な人だったと、僕はようやく気づいた。だからよりよい申し出ではなく、最高の申し出をしに来たのだ。きっと彼女も断らないに違いない。

本人がここへ来れば、の話だが。

タージが予告もなくクリーニング店に来たせいで、ルーシーはすっかり動揺していた。彼の狙いはなに？　愛人になることについて、私の考えが変わったとでも思ったのかしら？　展示に関して問題があったのだろうかと頭を絞っても、思いあたる節はなかった。

子供のことを話し合いに来たのならいいんだけれど。ルーシーは心からそうしたかったし、タージのことや、二人の人生でもっとも重要な事柄について決めると考えただけで胸が高鳴った。まるでクリスマスと誕生日が同時にきたようだ。でもカララを支配するように、私と子供を支配できると彼に思わせてはいけない。

ルーシーは急いでシャワーを浴び、七カ月の妊婦らしく、ゆったりした不格好なワンピースから別の不格好なワンピースに着替えた。鏡の中の自分を見ながら、タージの姿を思い浮かべる。彼はこんな私を魅力的だと思うかしら？　それに、どうしてそんなことが気になるの？　愛人にならずにすむなら、問題は一つ片づいたと言える。

ルーシーがカララを離れてから、二人が一度も仕事以外のことを話していないのは、彼女にも原因があった。ルーシーは冷却期間を置いているつもりだったけれど、そのせいでタージは子供の超音波写真も見ていなければ、心音も聞いていなかった。そのことは申し訳なく思う。でも彼が私と生きていけないなら、同じことだ。この数カ月、私はなにもしていなかったわけじゃない。タージも真実を知ったら驚くはずだ。

　出かける準備ができたときには、雪が積もりはじめていた。もうすぐクリスマスだから、そろそろ仕事を辞めて子供を迎える準備をしなくてはならなかった。母はクルーズ旅行へ行くので、ルーシーはクリスマスを一人で過ごす予定だった。何人かの友達からは家へ誘われたけれど、幸せな家族と祝っても、タージがどれほど恋しいかを思い知るだけという気がした。

　ルーシーは唇を合わせてリップグロスをなじませた。これほどおなかが大きくて不格好でなければ――だけど、現におなかは大きくて不格好なんだからしかたないわ！　彼女は苦笑した。

　向かい風だったので、ルーシーは頭を低くしてカフェへ向かった。風がなければ頭など下げず、胸を張って会いに行けるのに。それに格好の悪いワンピースではなく、クリスマスのために取っておいた体にぴったりしたドレスを選んでいた。妊娠しているくらいでタージに弱いとは思われたくないし、赤ん坊がおなかにいることは誇らしいのだから。

　かえって幸いだわ。店のショーウィンドウに映る自分を見て、ルーシーは思った。今では妊娠を隠すすべはなく、そうする理由もない。大学で優秀な成績をおさめ、今後はすばらしい仕事もあるから、私はタージがいなくてもちゃんと生きていける。私と生きていきたいなら、彼は……。

ただそうしたいと言ってくれればいいのだ。

そう思いながらルーシーはカフェに着き、中で待っているタージを見つけた。

灰色で荒涼としたタージの一日は、ルーシーが入ってきたとたんに生き生きしはじめた。彼女が来ると誰もが元気になるのか、カフェじゅうの人々が振り返る。興味津々の視線が集まる中、ルーシーは言われたとおりにタージが取っていた席に近づいた。安物の赤いコートは大きなおなかのせいでボタンがとまっていないので、彼女はクリーニング店にいたときよりも無防備に見えた。その鼻が身を切るように冷たい風でコートと同じ色になっているのを、彼はかわいらしいと思った。

タージは立ちあがり、ルーシーのために椅子を引いた。「どうしていた？」彼女が座るなり尋ねる。

「妊娠していたわ」ルーシーは長いこと彼を見つめていた。「それに忙しかった」彼女が口調をやわらげた。「最新の展示用の図面は見てくれた？」

「見ただけじゃない。承認したよ」タージは言った。磨かれる前のごつごつした原石が発見され、世界一の美女たちを輝かせる最高級の宝石へと変わるサファイアへの興味をかきたてることにかけて、ルーシーほど才能のある人はいない。「だが、図面の話をしに来たわけじゃない。僕は君のことが知りたいんだ」

「私？　気分ならいいわ。それと、赤ちゃんが生まれることにわくわくしている」

「話し合う心の準備はできているのか？」

「ええ」ルーシーはきっぱりと答えた。

二人きりになりたくて、タージは体の中がなにかに食いつくされている気がした。「午後の仕事は休んだんだろう？」

「いいえ、休まなかったわ。仕事がとても必要だから。働いて得るお金もね」

そのとき、ちょうどウェイトレスがコーヒーを運んできた。妊娠中のルーシーがおなかをすかせているだろうと思って、タージが頼んだチーズトーストも置かれる。「勝手に注文しておいたが――」

「すてきだわ」ルーシーは声をあげた。「おなかがぺこぺこだったの。でも、私が食べるものをあなたが選んだの？」眉をひそめてから吹き出す。「そんな顔をしないで。でも、冗談抜きでありがとう。おなかはいつもすいているし、とってもおいしそうね」

「腹いっぱい食べてくれ」タージは促した。

「これじゃ、満腹にはならないわ」最初のトーストをさっと平らげ、残りも全部口に押しこんでから、ルーシーは言った。「食べながらでごめんなさい。私より先に赤ちゃんが食べちゃうの。少なくとも、そんな気がするのよ」彼女はまた笑った。

「気にしなくていい。ちゃんと食事はしているのか？」ルーシーが皿の上のものをきれいに片づけ、残ったパンくずを指で拾うのを見て、タージは心配そうにきいた。

「妊婦は二人分食べなくちゃいけないって、聞いたことがないの？」

「犬の子を産むわけじゃないだろう？」

今度は二人とも笑い、まるで朝日がのぼったかのようにタージの気分は明るくなった。

「そうね」ルーシーがうなずいた。「超音波検査をしたら、画面に映っていたのは私と赤ちゃん一人だけだったもの」

強い高揚感に襲われ、タージは言った。

「君には面倒を見てくれる人が必要だ」

「そうかしら？」

笑みを消したルーシーを見て、急ぎすぎたとタージは悔やんだ。彼女の信用を得るなら、もっと慎重にならなくては。しかし残念ながら、目の前にいるルーシーは挑発的な笑みを浮かべていた。

「食べおわったか？　では行こう」タージは立ちあがり、店を出ようとした。

「とことんせっかちなのね」ルーシーが座ったまま言った。

「時計の針が動いているのを忘れるな」

ほっとしたことに、彼女が立ちあがった。

「どこで話し合うの？　あと三十分でクリーニング店に戻らなくてはならないのよ」

「マリーナに僕のヨットがある」

「それはそう――」間があって、ルーシーが続けた。「冗談でしょう？」

タージは肩をすくめた。「僕が冗談を言ったことがあるか？」

「あなたのヨットには行かないわ。時間がないし、乗っている間に出航されるような危険は冒したくないもの」

タージはほほえんだ。「どうして僕がそんなことをしなくてはならない？」

「たしかにね」ルーシーは認めた。「じゃあ、本当に赤ちゃんのことを話しに来たのね」

「そうだ。それに、僕たちのことを話しに」

「僕たち、なんてないわ」タージに促されてカフェを出ながら、ルーシーは言った。「私の気持ちは変わらない」そう続けたとき、にぎやかなカフェのドアが閉まった。「あなたの愛人にはなりたくない。それに、店に戻るのが遅れるのもまずいの。今夜はみんなが送別会を開いてくれるから――」

「送別会？」冷たい手に心臓をつかまれた気がして、タージは口を挟んだ。

「ええ」ルーシーは淡々と告げた。「小さなデザイン会社を立ちあげることにしたの。社員は一人――つまり私だけで。稼いだお金で小さな部屋を借りる保証金をためたから、赤ちゃんが生まれたら在宅で働くわ。あなたがきっかけを作ってくれたおかげで、評判が広まったの。私がカララのサファイア博物館にかかわっていることがマスコミに知られてから、電話が鳴りやまなくて」彼女は輝くように幸せな笑みを浮かべ、子供が宿る大きなおなかを守るように手で包んだ。「だから身二つになるころには、次の契約に取りかかっていると思うわ」

「すばらしい」タージは平坦《へいたん》な口調で言った。「だが、赤ん坊が生まれたら働かなくていいのに、なぜそんなことをする？」

「なんですって？」

「だから」彼はぶっきらぼうに告げた。「子供が生まれたら、僕が君たち二人の面倒を見る」

ルーシーが路上でぴたりと足をとめた。

「今すぐ帰ったほうがよさそうね」

「だめだ……」タージはなだめるように言った。「頼む、三十分だけ時間をくれないか。説明するから」

「たっぷり一週間かけて説明されても、私の気持ちは変わらないわ」

「それでも最後まで聞いてほしい」タージは

静かに頼んだ。

しばらく彼を見てから、ルーシーが譲歩する。「子供について話すために都合をつけて会いに来た以上は、そうするわ」

「ありがとう」

都合をつけて？　タージは怒りではらわたが煮えくり返る思いだったが、黙ってマリーナへ向かった。イギリスへ来たのはルーシーと子供を気づかい、義務を果たすためであって、彼女にルールを決めさせるためではない。

「あなたが忙しいのはわかっているわ。だから、なにもしなくていいの。私のことは放っておいて」

「そして、電子機器の画面越しに話し合うのか？　お断りだな」

「じゃあ、どうするの？」ルーシーは両手を大きく開いた。「見てのとおり、あなたがいなくても私は立派にやっているわ――」

「だが、そうする必要はない」タージは割って入った。「だからここへ来た。僕の申し出を聞くのか、聞かないのか？」

「聞かないわ」

「なんだって？」

彼女は肩をすくめた。「頭を冷やす必要があるから、会うのは明日の十一時以降にしましょう」

「今すぐでないと困る」タージはルーシーの腕を取った。

「無理やりヨットに乗せるのはやめて」タージにマリーナへ連れていかれながら、ルーシーは言った。「私には私の人生が、なにをするか自由に決める意志があるわ」鋼鉄の門が、近づく王のために大きく開く。「いやよ、タージ」彼女は強く拒み、後ずさりをした。

　感情が荒れ狂い、タージは女性にだまされた若いころに戻った気がした。「僕たちは、道の真ん中で話し合わなくてはならないのか？」

「いいえ」ルーシーが腹がたつほど冷静に言った。「明日の十一時にまた会いましょう。お互いに頭を冷やしてから」

15

　ヨットに戻ったタージは、むっつりした顔で乗組員の敬礼を受けた。事は思ったように運ばなかった。さすがルーシーだ。僕はなにを期待していた？

　自分をだました女性に抱いたような、疑いの念がこみあげる。だが、ルーシーに非難されるべきところは一つもない。それどころか感心すべきだ。僕が助けに現れるのを待っているどころか、ルーシーは自分と子供のために明るい未来を築こうとしていた。いらだっているのは、話し合いが延期になったせいだ。

反省するうち、タージはいくつかのことに気づいた。僕は本当にルーシーに正直だったか？ 自分のしたことをきちんと伝えていたか？ 一言か二言で……二人の関係は一変したはずだ。

なのに、ルーシーが僕の決定にはなんでも従うと高をくくっていなかったか？ そんなことは一度もなかったのに。彼女にもう一度会いたい気持ちに苦しみつつ、タージは腕時計を見た。明日が待ちきれなかった。

タージをはねつけたのはやりすぎだった？ 私はまた彼に会える？ 送別会の支度をしながら、ルーシーは思った。今日のタージはカフェにいた男性というよりはカララの王で、私の気持ちを受けとめてはくれなかった。けれど私もいろいろ変わってしまったから、彼がユーモアを忘れても不思議じゃない。

そろそろ、カララの国民もタージに恩を返していいころだ。彼に幸せになる自由を与えたほうが、国にとってもいいことなのでは？ 義務の奴隷になっていては、思うように力を発揮できないと思うから。

タージが自分で選んだ相手を愛せないことや、彼女の謳歌《おうか》している自由を楽しめないことを考えて、ルーシーは悲しくなった。いつもカラの王としての義務が優先だなんて。

それでも、彼女は明るい顔で階段を下りた。集まった友達は、誰もがタージとの話し合いがどうなったかを知りたがった。職場ではなにも隠しておけないのだ。

ルーシーは正直に言った。「明日の朝、また会うことにしたわ」

「私たちと過ごすから、カラの王を追い返したの？」一人が驚いてきいた。

「私は少しも後悔していないわ」

その友達がルーシーを心配そうに見たとき、誰かが雰囲気を変えようと叫んだ。「ルーシー、ルーシー、赤ちゃんへの贈りものを見て。今から開けてみない？」

「私のために、お金を使わなくてよかったのに」念入りに包装された贈りものの山を前に、ルーシーは遠慮した。「こんなことまでしなくても」

「あなたは受け取って当然よ」ミス・フランシーンがきっぱりと言った。「ずっと私たちのためにあれこれしてくれたんだから、今度は私たちがお返ししなくちゃ」

贈りものを開けるたびに、歓声があがった。その多くは苦労して手作りされていた。世界じゅうのサファイアよりも、私はこのまぎれもない愛情のしるしのほうがいい。包みを開けるたび、ルーシーは思った。タージにもそのことがわかってもらえたらいいのに。

タージは、これほどなにかを正しいと思ったことがなかった。だが、そのなにかはやすやすと僕の指からこぼれ落ちようとしている。ルーシーを失うなど考えられないし、そうなったら僕も子供も不幸になるだろう。彼女こそ、僕の王妃になるべき女性だから。

行動力があることで知られる僕が、これほど長い間気づかなかったとは驚きだ。ルーシーが持つ強さと決断力を、王室審議会が勧める王女たちは持っていない。僕は才能や思いやりを含めた、ルーシーのすべてを求めている。

これが単純な取り引きだったら、ずっと前にルーシーを手に入れていただろう。だが、現実は違う。

自分のヨットであるブルーストーン号の船室で、タージは手の中の、値のつけられないほど高価なサファイアを見つめた。すべては次の行動にかかっている。高価な宝石をジーンズの後ろポケットに入れ、彼は待たなければならないことに憤慨した。

決断させようとしても、ルーシーには拒絶されるだけだ。愛人としては申し分ないのに、恋に落ちた男としては今のところ失敗ばかりしている。今こそ、その汚名を返上するときだ。

いよいよだわと、ルーシーは思った。昨夜は友達が開いてくれた送別会の興奮が冷めないまま、ずっとうつらうつらし、太陽がクリーニング店の二階の部屋を照らすずっと前に目を覚ました。それからはタージに会う支度もせず、やきもきしながら歩きまわっていた。

リストを作ったほうがいい。話し合う議題の一覧を。不安そうに唇を噛《か》み、顔をしかめて、ルーシーは窓の外を見た。まどろむ海獣のようなブルーストーン号は、ここからほんの数百メートル先に停泊している。寒い灰色の冬の朝は、もうすぐ十一時になろうとしていた。空さえも一面に氷が張っているようだから、暖かい格好をしても心は守れそうにない。ルーシーはそう皮肉っぽく考え、スカーフを首に巻いた。自慢の良識も、タージのこととなると役に立たない。彼を無条件に愛しているせいで、彼女の心はとてつもなくもろくなっていた。それでもショルダーバッグをつかみ、出る前に中身を確認した。

「私をばかだと言って」幸運を祈って集まっていたミス・フランシーンと友達に、ルーシーは言った。「彼とまた会えると思ったら、すごくわくわくしているんだもの」

「ばかじゃないわ」ミス・フランシーンはルーシーを抱きしめた。「私の中では、恋する女性は決してばかじゃないもの」

友達が口々に忠告するせいでミス・フラン

シーンの言葉がかき消される中、ルーシーは年上の友人をもう一度抱きしめた。「運命は自分で切り開かないとね」そう言って、ドアへ向かった。「だから行ってくるわ」

　ブルーストーン号が落とす影に足を踏み入れたとき、ルーシーはデッキにいるタージに気づいた。胸が激しく高鳴ったけれど、彼がタラップを駆けおりてきても、二人は両方の頬に上品なキスをしただけだった。

　タージの温かく引きしまった肌とひげをほんの少し感じただけで、ルーシーの唇はうずいた。二人の間にあった激しい情熱が恋しくても、私には二度と取り戻せないかもしれない。取り戻せたとしてもこの巨大な船の上で、ぱりっとした白い制服の乗組員に囲まれているのでは、カララの王に大胆なことなんてできない気がする。そう思って、ルーシーは謎めいた目をしているタージを見つめた。以前の二人なら、誰に見られていても気にはしなかったのに。

「ようこそ、ブルーストーン号へ」カララの王が堅苦しい口調で言い、丁寧な口調で促した。「お先にどうぞ」

　タージはずっとこんなふうに他人行儀のままなの？　ルーシーは気が重くなった。しかしブルーストーン号に乗りこむと、失望はたちまち消え去った。

「まあ、すごい」ルーシーは声をあげた。一つの世界から別の世界へ入りこんだようとは、まさにこのことだ。ブルーストーン号の内装は本当にすばらしく、ルーシーは自分をみすぼらしく思った。それほど船内のすべては傷一つなく磨きあげられていた。「あなたの友人の、ハリド王のヨットもすてきだったけれど、この船は――」

「輪をかけてすてきか？」タージがその先を言った。

「ええ」ルーシーはタージをまっすぐに見た。あの目にはユーモアの気配がある気がする。カフェの彼が戻ってきたの？

「誰か来る予定なの？」海に浮かぶ宮殿のような船の奥へ進みながら、ルーシーはきいた。グランドサロンを彩る見事な花を見る限り、タージは私のほかにも客を招いているに違いない。話し合いを短く切りあげられたらどうしよう？「それとも、別世界の人はこんな暮らしをしているものなのかしら？」

「君もこの世界の人になれたかもしれない」

「その話ならもうしたでしょう」

「ああ、そうだな」うなずくタージを見たルーシーは、彼がほしくてたまらなくなった。

そのとき、タージが彼女を引きしまった体に乱暴に引き寄せた。

「こんなに長く待つなど、僕はどうかしていた」

「そんなに私を無理やり船に連れてきたかったの?」興奮と不安で、ルーシーは震えた。タージが一歩引いて手を離すと、彼女はすぐに彼が恋しくなった。この人は自分のしていることがわかっている。すべては作戦なのだ。「座るんだ」感情が読めない口調で、カララの王が命じた。

「やめておくわ。妊娠しているから眠っちゃうかもしれないし。最近は疲れやすくて」

「それに、腹もすいているんだろう」ルーシーが答える前に、タージは壁の呼び鈴を鳴らした。「食べたら、昼寝もするといい」

「いいえ、遠慮するわ」ルーシーは抗議した。「そんなに長居はしないもの」


控えめなノックのあと、乗組員の一団が入ってきた。その全員がおいしそうなごちそうを運んでいて、ルーシーは空腹を覚えた。

なぜか、食事をしているとすべてが以前に戻ったように緊張が消え、二人は子供の将来について話すことができるようになった。タージは赤ん坊に、両親の文化を平等に伝えたがった。そしてどんな決定にも、二人で意見を出し合いたいと言った。

「意見?」自分の意見などなんの重みもないのではと心配で、ルーシーはきいた。

「わざわざ波風を立てないでくれ」タージが警告した。「君は母親なんだから、もちろんその意見は聞くし、有益だと思えば実行もする」彼は断言した。

タージにとっては大きな歩み寄りだったが、驚くことはほかにもあった。「これはなに？」書類を渡されて、ルーシーはきいた。

「読めばわかる」

その中でタージは、子供になにがいちばんいいかを決める権利を、母親のルーシーに認めていた。「あなたは自分の権利をすべて放棄するの？」

「君を信用しているからな」タージは率直に答えた。

ルーシーは胸がいっぱいになったものの、彼の真意を確かめた。「つまり、責任は負いたくないという意味かしら？」

「その反対だ。子育てにはしっかり参加するつもりだが、君には安心していてほしい。どんなときも、おびやかされているとは感じてほしくないんだ。できると思ううちは、仕事も続けてくれ。君らしくいられるなら、なんでもしてほしい」

カララで物事を変えるために、タージがどれだけの時間と労力を費やしたか、ルーシーには言われなくてもわかった。それに、彼自身がどれほど譲歩したかも。

「一つききたいことがある」タージが言った。

「僕を信じてくれるか？」

とても大事な瞬間だった。タージにとっては人生を左右する質問のはずだ。しかし、ルーシーは思った。なのに、私ときたら大きなおなかをして、手あたりしだいに食べものを頬張っている……。そんなときに、途方もなく大事な誓いを立てることになるなんて。

「ルーシー？」

顔をそむけ、ナプキンで口を拭く間に、彼女は深呼吸をして息を整えた。「ええ、信じているわ」きっぱりと答える。「私の命をかけてね。もっと大事な赤ちゃんの命をかけてもいいわ」

「だったら、言わせてほしい」

タージが改まった口調になった。一人の男性というよりは、国王らしい感じだ。

「さっき言っていた昼寝のあとじゃだめ？」

タージは驚いたようだった。「待てるかどうかわからないな」

彼の顔をじっと見たルーシーは、興奮が体に走るのを感じた。「あなたも一緒にどうかしら？」

「君が望むなら」その口調はとても厳しかったが、バッグとコートを取ったタージの意図にルーシーは気づいた。

「そうしてほしいわ。同じベッドを使う？」

戻ってきた。今の彼は私が愛した男性だ。

「私に言いたいことってなんだったの？」部屋を出ながら、彼女はきいた。

「返事はあとだ」タージは言った。それから指と指をからめて、ルーシーを彼の部屋へ連れていった。

ドアが閉まったとたん、タージはルーシーを抱き寄せてキスをした。「結婚してくれ」息をしようとあえいでいる彼女に言う。

「本気なの？」ルーシーは心底驚いた。

「どういうつもりだと思ったんだ？」タージはうなり、彼女をベッドへ連れていった。

「結局、私とまた会えてうれしかったのかしら？」

笑った王は、見たこともないほど自由に見えた。ルーシーがそう思ったとき、彼が言った。「少しまじめになってくれないかな？」

「必要ならね」

「必要ならある。僕と結婚してくれ。そうすれば、これが全部」タージが周囲を見まわした。「君のものになる」

「私がほしいのはあなた一人だもの」

だが、彼の耳には入っていないようだった。

「ブルーストーン号は、僕が世界じゅうに持っている資産の一つにすぎないんだ。好きなものを選ぶといい」

私はあなたを選ぶわ、とルーシーは思った。ほかにはなにもいらない。船も必要ない。タージが言う富は、それを楽しむ暇もないくらい働くシングルマザーよりも、プリンセスや令嬢にふさわしい。つまり多大な期待をされる女性が持つべきものであって、ルーシーがほしいのは愛だけだった。

「ごめんなさい、結婚はできないわ」彼女は言った。「私がカララになにももたらさないと二人ともわかっている以上、あなたの妻にはなれない」

「君にもたらせないものはない」タージは激しく反論した。「君は僕がほしいもの、そしてカララに必要なもののすべてだ」両手でルーシーの顔を包み、目の奥をのぞきこむ。

「僕はカララを現代的な国にするつもりだが、君が隣にいてくれれば目標の達成がもっと早くなる。それに、君が楽な道をいやがることも知っているんだ」

「ええ、いやだわ。でも結婚はいきすぎよ。私を気の毒に思うことはないわ」

「気の毒に思うだと？」タージがきき返した。

「君ならできると思っているから、妻になってほしいんだ」

ルーシーはかぶりを振った。「あなたを愛しているから、私のためにすべてを犠牲にしてほしくないの」

「犠牲ではない。君が僕を愛してくれれば、それでいいんだ」タージは続けて説明した。カララの憲法は変わり、王は王室審議会が選んだ花嫁をめとるのではなく、自分で選んだ女性を妻にできるようになったという。「僕を愛しているか？」彼が確認した。

「私の人生そのものよりもね」ルーシーはい

つものように率直に認めた。

二人は見つめ合い、やがてタージが言った。

「じゃあ、結婚してくれるんだな」

「それで申しこんでいるつもりなの？」

緊張が解け、二人は笑った。

「すまない」タージがからかうように頭を下げた。だが片方の膝をついたとき、彼は致命的な失敗をした。「結婚の手はずは整っているから、正式に申しこむよ」

「なんですって？」これ以上は聞きたくないとばかりに、ルーシーは叫んだ。「そんな手はずは、白紙にしてちょうだい」

「そして、僕たちの子供を婚外子として育てるのか？　許さないぞ」

「そうなったとしても、なにも変わらないわ」立ちあがったタージに、ルーシーは言った。「私たちの子供が愛情をこめて育てられるなら、ほかになにが重要なの？　必要なのは子供が愛されていると実感し、安全で、幸せだと思えることだわ。だったら、書類上の表記なんて気にしないんじゃないかしら？」

「王族の子供は、詮索の対象にされる」

「そうね。先にプロポーズをしてくれればよかったのに。それか、私たちの結婚話がすでに進んでいると警告するか。そうするのが普通でしょう」

「今になって、僕に我慢しろというのか？」

「あなたに？」ルーシーはわざとぞっとした

ようにきき返した。「いいえ。でも私は、二人ですることすべてに平等に意見を言わせてもらえると、本気で思っていたの。あなたがそう約束してくれたから」

「こうするのがいちばんなんだ」タージは言った。「ほかにどうすればいい？　僕と君は地球の反対側に住めばいいのか？」

「じゃあ、世間体を気にしてプロポーズしたの？」ルーシーは声をあげた。「あなたが私を愛していて、心を捧《ささ》げてくれたと思ったのがばかだったわ」

「捧げているとも」タージがかっとなった。

「君は二人の関係をどう考えているんだ？　幸せになって当然だとは思わないのか？」

「幸せになって当然な人なんていないわ」ルーシーは感情的になった。「幸せは自分で手に入れるもので、誰かを犠牲にするものでもない」

「好きなだけ聖人ぶるといい」タージがどなった。「だが頼むから、僕には同じことを期待しないでくれ！」

いらだちからタージは頭痛を覚え、ルーシーも同じくらい激昂《げっこう》していた。彼に手を伸ばし、どうにかして体と体を押しつけ合う。二人が運命に導かれているなら、この先は毎日、最高の触れ合いができそうだ。

私たちは運命によって結ばれていて、今は行動を必要としている。タージの服を脱がせながら、ルーシーは思った。

「慌てるな、気をつけるんだ。自分が身重だということを忘れるな」タージの服をはぎ取ろうとするルーシーに、彼が言う。

「私はなにも忘れていないわ！」ルーシーはかっとなった。妊娠した影響なのか、タージがほしくてたまらない。ちょっとした愛撫《あいぶ》でもとてつもない喜びを得られそうで、彼女はますます焦った。

「だめだ」タージが頑として拒んだ。一歩下がり、自分のジーンズを上げる。「こんなところでは」

押し寄せる欲望に耐えきれなくなり、ルーシーはじらさないでと叫びそうになった。しかしタージは彼女を抱きあげ、ベッドに連れていった。

「さあ」彼が憎らしい笑みをかすかに浮かべた。「続きはどこからだったかな？」

巧みにルーシーの服を脱がせたタージは、大きく少しごつごつした手で彼女のヒップをとらえ、細心の注意を払って完全に自分のものにした。

一度、タージが大きく深く動いただけで、ルーシーがわれを忘れ、喜びの叫び声をあげるにはじゅうぶんだった。彼女が激しく身を震わせている間も、タージは絶えず腰を揺らし、前の喜びが終わるそばから次の喜びへと確実に導いた。

「それで、プロポーズの答えは出たのか？」ルーシーが静かになってから、タージがきいた。

「答えは変わらないわ」彼女はようやく呼吸ができていた。「あなたはカララに、私はキングスドックにいる……。引っ越しても、だいたい同じところになるでしょうね」

「引っ越す？」タージがきいた。「どこへだ？」手を離し、身を引いて、彼はルーシーを振り向かせた。二人はにらみ合ったものの、やがてタージの目の中でなにかが変化する。二人の間にある溝の大きさに、彼もようやく気づいたのだろうか？

　だが、そう思ったのは早計だった。ルーシーを持ちあげ、タージはバスルームに向かった。そこで服を脱ぎ、シャワーの湯を出す。

「僕は答えがほしいんだ、ルーシー」

　その目は黒々とし、体は堂々としていて、ルーシーはいつものように言葉を失って肩をすくめた。「今まで住んでいた部屋を出るだけなの。すごく狭いから……」シャワーに追いやられ、彼女は息をのんだ。タージはルーシーを壁のほうに向かせると、脚で脚を開かせ、彼女がこれまでに経験したことのないシャワーの時間にした。

16

かなり時間がたったころ、タージのベッドで彼に寄り添いながら、ルーシーは言った。

「カララの憲法が変わっても、あなたとは結婚できないわ」

「どうしてだ?」タージの声は、情熱的なひとときのせいでかすれていた。

「私は王の妻にふさわしくないもの」

「そうは思わないが」彼はルーシーに手を伸ばした。「君ほどふさわしい人はいない。君らしくない言葉だな。そんなにあきらめが早いとは知らなかった」

「恋に落ちた私を知らないからだわ」ルーシーは告白した。「あなたが傷つくかもしれないことはできない」

「結婚してくれないほうが、僕は傷つく」

ルーシーが答える前にタージは上になり、大きな手で彼女の両手を頭の上で固定させた。頑固な唇を開かせてキスをし、顔のすぐそばでルーシーを見つめる。

「君は僕のすべてなのだから、結婚して傷つくはずはない。君は王に逆らうが、僕にはそういう存在が必要なんだ。君はカララの新たな可能性に気づかせてくれた。この国は僕の金より君を求めている」

「私も気持ちは同じよ」ルーシーは言った。「だから、お城やお屋敷を与えると言うのはやめて。ほしいのはあなたの心だけなんだから」

「それならもう君のものだ」タージは情熱をこめて告白した。「君なら国民に愛も与えられる」

「どうやって？」

「君が君であるだけで、国民は幸せになれるんだ。実践したのを覚えているだろう？」

「鉱山での宴《うたげ》のことを言っているの？」

「ほかの場所でもだ。国民は君を信じている……。僕と同じくらいに」タージは認めた。

「だから、私を説得しているの？」

「ああ」それからタージは悪びれもせず、疲れも見せずに、またルーシーを自分のものにした。

　タージをきつく締めつけながら、ルーシーも彼に途方もない歓喜をもたらした。長い時間がたち、満足感で手足がだるくなった彼女がほとんど動けなくなったとき、タージは〝結婚してくれ〟とふたたび言った。

「私の気持ちは変わらないわ。あなたはカララを現代的な国にし、一緒に家族を作ろうと言う。でも――」

「でも、はなしだ」彼は言った。「僕たちはお互いのものなのだから。もう一度証明してほしいなら――」

「あなたは疲れを知らないの？」

「疲れたほうがいいのか？」ルーシーを腕の中に引き寄せ、タージが言った。「聞いてくれ。離れている間、僕たちは怠けていなかった。そして僕は自分の花嫁を選んだ」

「その事実に、私は意見が言えるの？　それとも、王に命令されているのかしら？」

「まあ、控えめな要求ではないな」

「だと思った」ルーシーはそっけなく言った。「控えめなんて、あなたらしくないもの。でも一つ、条件があるわ」

「言ってくれ」

「結婚式は自分で企画したいの」

「なるほど」厳しさを装って、タージが言った。「だが、王族の挙式となると――」

「専門家が必要になるわよね。そこで、その役をあなたに頼みたいの」

「僕を誘惑しないでくれ。ああ、わかったよ」タージは譲歩した。二人が話し合いに戻るまでには、長い中断があった。「気をつけたほうがいい。君は一生の義務を引き受けようとしているんだぞ」

「愛を忘れないで」ルーシーが言った。「私、心臓が破裂しそう」

「消化不良でも起こしたのか？」彼がきいた。

「愛のせいでよ」ルーシーはきっぱりと答えた。目を細くしているタージは、なんてセクシーなのかしら。私は生涯、この男性から離れないに違いない。「愛のために、私と結婚してくれる?」ルーシーはやさしくきいた。

「それはプロポーズかな?」タージは愉快そうに目をきらめかせ、首をかしげた。

「そうかもね……」

「君に贈りものがあるんだ」彼はルーシーにキスをした。

「すごい偶然だけれど」彼女も口を開いた。

「私にもあるの」

「見せてくれ」

ベッドを出たルーシーは上掛けをつかみ、ベッドルームを横切って、タージが彼女のバッグを置いた居間へ行った。

「なんなんだ?」戻ってきて封筒を手渡すルーシーに、タージが尋ねた。

「開けてみて」

手の中にある白黒の画像の重大さに、タージは身をこわばらせた。

「あなたの……私たちの赤ちゃんよ」

「僕が泣くのを見るのは、これが最初で最後だぞ」タージが言った。

「喜んでくれる?」

「前もって言ってほしかったが」

「なにを言っても、心の準備はできないと思ったの」ルーシーはタージの肩越しに、まだ生まれていない赤ん坊のぼんやりした写真を見つめた。

　タージは写真から目が離せなかったが、ようやく顔を上げた。「君は僕を、この世でいちばん幸せな男にしてくれた。君に贈りものがあると言ったが、これに比べたらつまらないものに思えるよ」手放しがたいというように、写真をたくましい胸に押しつけ、彼はナイトテーブルの引き出しから小さなビロードの箱を取り出した。

　中身の想像がついて、ルーシーは抵抗した。

「でも、私は本当になにもいらないのに。あなたと子供がいれば」

「初めてカフェで会った日は、どちらも想像もしていなかっただろうな」

　タージが白黒の写真にまた目をやるのを見て、ルーシーの胸には愛があふれた。彼は写真をナイトテーブルに置き、ルーシーを引き寄せた。

「僕たちは二人とも、予想をはるかに超えるものを手に入れたんだ」

　それから毎日、タージがキスをするたび、ルーシーはそう思うようになった。

「いいえ。絶対にだめ。受け取れないわ！」長い時間がたったのち、ルーシーは抗議した。二人はシャワーを浴びて着替えていた。タージは彼女の腰にゆるく腕をまわし、冬のマリーナを眺めていた。そしてたった今、驚くほど美しい指輪をルーシーの指にはめたところだった。

「受け取ってくれ」タージは譲らなかった。

ルーシーは信じられないという目で、きらめくダイヤモンドに囲まれた、美しい光を放つサファイアを見ている。「そうしてくれないと、カララのサファイアは王の花嫁に贈る価値もないのだと、世界から思われてしまう」

「すごい口実ね」彼女は言った。「それで私が納得すると思っているの？」

「思っているし、納得させてみせる」タージは断言した。

指輪は驚くほど美しかった。深い青の宝石の中心を見つめ、ルーシーは思った。カララのサファイアは晴れた日の海のような色をしていて、周囲を取り巻くダイヤモンドは日の光を浴びてきらめく波そっくりだ。

「やっぱりだめ」ルーシーは言い張った。

「指輪は巡回展示の目玉にしましょう。バレンタインデーにロンドンで開かれるんでしょう？」

「このうえなくすばらしいサファイアとダイヤモンドの婚約指輪を、巡回展示の目玉にするとは頭がいいな」タージが真顔で言った。

「驚かないのね」ルーシーは疑わしそうに言った。

「ああ。君に指輪をつけさせろと言った僕の職人たちは、頭がいいと思わないか？」

「あなたって人は——」

「僕は君より一歩先んじていたいんだ」タージがいたずらっぽくほほえんだ。

「指輪は巡回展示に出すから」ルーシーは譲らなかった。「私の考えは変わらないわ」タージの黒く短いひげが首にこすりつけられても、彼女は言い張った。

「この指輪は君のためにデザインしたんだ」タージが説明した。「この世に二つとない品だから、展示の目玉は別のものにしよう……。バレンタインデーを記念して、大きなハート形の、君の指輪よりずっと安っぽいものにすればいい」

「あなたはこうなると計算していたのね？」ルーシーが穏やかに非難した。

「そのとおりだ」タージが唇を結び、さりげなく肩をすくめた。

「私たちって、いつもこんな感じなのかしら？」ルーシーはわざと顔をしかめた。

「そうであってほしいね」タージの唇に浮かんだとてつもなく魅力的な笑みは、ルーシーに気をつけろと訴えていた。

「いつも分別を失わずにいる必要がありそうね」努めて厳しい口調で、彼女は言った。

「だが、服を着ていないときは別にしてほしいな……」

ほんの一歩でたくましい王は未来の花嫁を抱きあげ、ベッドルームに連れていった。

エピローグ

ルーシーとタージの最初の結婚式はキングスドックのブルーストーン号の上で、近親者のみを集めてささやかに行われた。暖かくなるまで結婚式を延ばしたのは、春という浮き浮きした季節のほうが親しい人たちが参加しやすかったからだ。そこにはクルーズ旅行を終えて十歳は若返った、ルーシーの母もいた。

　そのとき、ミス・フランシーンはルーシーのシンプルなウエディングドレスにかかりきりだった。あまりにアイロンをかけすぎるのでドレスがなくなるのではないかと、ルーシーが心配になったほどだ。そして今日も同じことが、前よりずっと豪華なドレスで起こりそうだった。

　ルーシーと彼女の友達と家族は、カララで行われる大々的な結婚式のための準備をしていた。その中でもいちばん若くて重要な花嫁つき添い人は、ロッティことシャーロット王女だった。クリスマスに生まれたロッティは、父親と同じく辛抱が苦手なのか、結局タージによって取りあげられた。七面鳥のディナーも、今後は前と同じではなくなる。母がロッティを抱きあげてキスをする姿を、ルーシーはほえましく眺めた。


カラの通りには、地元の人々と世界じゅうからの訪問者がひしめいていた。〝今世紀最大の恋愛結婚〟と銘打たれた結婚式を見たくない人がいる？　ルーシーはほほえみ、タージに会えるまでの時間を数えた。すると、彼の姿が目に入った。鏡に映っていたのだ。

「ここへ来ちゃだめでしょう」すたすたと部屋へ入ってきた王を、ルーシーはとがめた。


部屋から全員を追い出し、タージは妻を抱きしめた。「僕が待てると思ったのか？」

「思わなかったわ」ルーシーは答えながら、儀式用の正装に身を包んだ夫はなんて堂々としているのだろうと思った。

「これほど美しいとは思わなかった」タージがからかうように褒め、ルーシーを腕に引き寄せた。「君の魅力にはあらがえそうもない」

「そうね。これはなに？」公式とおぼしき書類を渡され、彼女は尋ねた。

「次の契約だ」タージが言った。「君には仕事を続けてもらいたい。サファイア・シークの仲間が僕の巡回展示をうらやんで、君にデザインをしてもらえないかときいてきた。忙しくなるぞ。だが、没頭しすぎるのはやめてくれ」

「タージ！」ルーシーは叫んだ。彼が現れた意図が、高潔とはほど遠いとわかったからだ。

「ティアラとウエディングドレスをつけたま

まで?」

「そうせざるをえないなら」タージが肩をすくめた。「だが、動かないでくれよ。さもないと、ティアラが落ちてしまう」

「冗談よね?」

「妻と愛を交わすときに、冗談を言うか?」

しばらくして、ルーシーはティアラをつけたまま、急いでお風呂に入るはめになった。タージが着るのを手伝ってくれた美しいドレスは、二人であちこち旅した中でも、パリで彼が買うと言ってきかなかった一着だった。

「きれいよ」ルーシーの母が一歩下がって、ため息をついた。

「きれいなんてものじゃないわ」ミス・フランシーンも言った。

タージは、すばらしい花嫁を称賛するみんなの言葉に深く同意した。ルーシーが母の腕を取り、未来へ通じる長い通路を歩いてタージのもとへ来たときは、彼は自分を間違いなく地上でいちばん幸運な男だと思っていた。

「合成樹脂のテーブルを挟んで、冗談を言い合ったのが昨日のことのようね」披露宴が終わって長い時間がたち、宮殿のタージの部屋でようやく二人きりになったとき、ルーシーが言った。

「あれからなにか変わったか?」タージは彼女を引き寄せた。「こんなものは全部」金箔《きんぱく》で飾りたてられた堅苦しい部屋を眺める。

「ケーキの飾りのようによぶんなものだ」

「私がケーキみたいに崩れやすいってこと？」

「とんでもない」タージが笑って、ルーシーのティアラとネックレスをはずした。

白いサテンのハイヒールと露出度の高いレースのコルセット、高級なシルクのストッキングだけになったあとで、ルーシーはわかりきったことをきいた。「ケーキと一緒に楽しむコーヒーはいる？」

「なぜ時間を無駄にする？」身をくねらせて残りの服を脱ぐ彼女に、タージは言った。

ルーシーは権利を主張したいときと、タージに進んですべてをゆだねたいときがあった。そして、今は後者の気分だった。

「愛している」その後、かなり時間がたってから、タージが告げた。ルーシーはすっかり満足し、ベッドで夫に寄り添っていた。

「私も愛しているわ」夫の瞳の奥深くを見つめて、ルーシーはささやいた。

「永遠にか？」タージがささやく。

「それでも足りないくらい」ぐったりしたまま、彼女はほほえんだ。

「僕の妻は君しかいない」

「私の夫はあなたしかいないわ」

「君は僕の世界そのものだ」

ハーレクイン®

サファイアの王に望まれて

2019年8月20日発行

著　　者　スーザン・スティーヴンス
訳　　者　東　みなみ（あずま　みなみ）

発 行 人　フランク・フォーリー
発 行 所　株式会社ハーパーコリンズ・ジャパン
東京都千代田区外神田3-16-8
電話 03-5295-8091（営業）
0570-008091（読者ｻｰﾋﾞｽ係）

印刷・製本　大日本印刷株式会社
東京都新宿区市谷加賀町1-1-1

編集協力　株式会社風日舎

ISBN978-4-596-13435-6 C0297

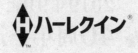

今月のハーレクイン文庫 おすすめ作品のご案内

8月1日刊

「白百合の令嬢」

マーガレット・ウェイ

花屋のソーニャは富豪の婚約者に誘われたパーティで、その甥デイヴィッドと出会う。激しく惹かれるが、デイヴィッドには伯父を狙う金目当ての女と疑われ…。

（初版：I-2230）

「彼を愛せない理由」

ヘレン・ビアンチン

愛に傷つき男性を信じられなくなったリリーは、憧れていた実業家アレッサンドロと10年ぶりに再会する。変わらず魅力的な彼だが、心を許すには危険すぎて…。

（初版：R-2729）

「忘れられた花嫁」

ミシェル・リード

キャシーの勤める会社に新オーナーが就任したが、なんとそれは元恋人サンドロだった。彼はキャシーを冷たく捨てたこともプロポーズしたことも忘れていた。

（初版：R-2483）

「恋盗人」

ロビン・ドナルド

母の死後、冷酷な祖父から幼い弟を守るため、自分の息子だと偽ったメレデス。祖父の後継者デインから侮辱を受けたうえ、祖父亡きあと関係を迫られてしまう。

（初版：R-346）

＊文庫コーナーでお求めください。店頭に無い場合は、書店にてご注文ください。

ハーレクイン・シリーズ 8月20日刊 発売中

ハーレクイン・ロマンス

愛の激しさを知る

百万ユーロのシンデレラ	ミシェル・スマート／朝戸まり 訳	R-3434
サファイアの王に望まれて	スーザン・スティーヴンス／東　みなみ 訳	R-3435
結婚前夜の略奪婚	メイシー・イエーツ／漆原　麗 訳	R-3436

ハーレクイン・イマージュ

ピュアな思いに満たされる

秘書の愛と献身	エリー・ダーキンズ／松島なお子 訳	I-2575
夢の先には (ベティ・ニールズ選集27)	ベティ・ニールズ／結城玲子 訳	I-2576

ハーレクイン・ディザイア

この情熱は止められない！

仰せのままにキスを	レッド・ガルニエ／八坂よしみ 訳	D-1863
愛はガラスの孤城で	キャサリン・マン／土屋　恵 訳	D-1864

ハーレクイン・セレクト

もっと読みたい“ハーレクイン”

罠におちたウエイトレス	キャロル・モーティマー／槙　由子 訳	K-634
誘惑はシチリア式で	サラ・モーガン／伊坂奈々 訳	K-635
秘密を抱えた再会	キャロル・マリネッリ／杉本ユミ 訳	K-636

文庫サイズ作品のご案内

◆ハーレクイン文庫…………毎月1日発売

◆MIRA文庫………………毎月15日発売

※文庫コーナーでお求めください。

Anniversary 40th Harlequin

8/20刊